INK

文學叢書

279

蒲公英之絮

木下諄一◎著

如蒲公英之絮般
隨時間的風飄蕩著
在空中流浪、遠渡重洋
落腳在——台北

たんぽぽの綿毛のように
時間という風に流されて、
空を彷徨い、遠く海を越え、
気がつけば——台北にいた。

CONTENTS

目次

たんぽぽの綿毛のように
時間という風に流されて、
空を彷徨い、遠く海を越え、
気がつけば——台北にいた。

餞別那天的早上

二〇一〇年　春

「這裡」——一碰面就被問及「吃飯了沒」、中了統一發票二百元、享受美食後突然腹痛如絞、面對一張笑臉「我兒子也在日本念書喔」……三島與其他日本人的連結，或許就是在那樣的「這裡」所累積而成的。

星期日的上午，店內沒有客人，顯得安靜許多。

和煦的陽光從大片玻璃落地窗射進來，正好照在店裡的吧檯上，映出一明一暗、清清楚楚的界線。

身穿白色廚師服的三島道夫在吧檯後方的暗處，忙著準備今晚的大餐。

砧板上，一條鰆魚橫擺著。

大約是七十公分的大小。買的時候覺得小了些，不過那魚雙眼清亮，彷彿能透出海上的粼粼波光。因爲是今年第一批上市的貨色，是貴了點，但當作今晚的主菜，再合適也不過。有了這層考慮，今早在魚市場採購時，便毫不手軟買下來。

三島緊握著那把慣用的殺魚刀，喀嚓一聲，魚頭便剁了下來。接著把刀刺入魚的下腹部，純熟地往魚頭方向劃開，一氣呵成。內臟取出後，將腹內的血沖洗乾淨，最後繼續將魚肉、魚骨俐落地分開。

在流暢的動作中，銀灰色的水中蛟龍瞬間分解成兩條厚實的肉片與一條光潔剔淨的魚骨頭。

大約是在一個星期前，聽到大村元明提起回國的事。

「說起來有些突然，月底我就要調回國了……」

這樣的台詞對三島來說一點也不陌生。在日商公司人事異動頻繁的三月，無數次的歡送會上，這是日本老主顧最常留給三島的一句話。

不過，這次大村的語氣，和往常不同，倒顯得有些見外。說不上來。像是背上隱約的刺癢，若有似無，說不清正確的癢處，那樣微妙的感覺。

在國外生活的人，心中都有「這裡」與「那裡」兩個世界。

住在台北的日本人也不例外。

「這裡」——一碰面就被問及「吃飯了沒」、中了統一發票二百元、享受美食後突然腹痛如絞、面對一張笑臉「我兒子也在日本念書喔」……

三島與其他日本人的連結，或許就是在那樣的「這裡」所累積而成的。

而「那裡」……

這是條少見的紅喉魚。紅喉在台灣也算是一種高級魚類。長度大約二十多公分，魚鰓是鮮艷的紅色。三島一共準備了五條，一條一條仔細去鱗後，將二根筷子交叉，插入魚的口中。接著，利用筷子把鰓一口氣拉出來，連帶地魚內臟也一併拖出。用這個方法，即便不用刀，也可將魚內臟處理得一乾二淨。這麼一來，做鹽烤時便無損魚的外觀。

「那裡」——當交通號誌一轉換便蜂湧而出，淹沒整個十字路口的深藍色西裝、塞滿乘客也塞滿廣告的電車、靜靜飛舞曳落的片片雪花、小時候每天上學必經的綠色隧道、和家人在一起的團圓時刻……

今晚，除了三島之外，竹本幹夫、妹尾崇、佐藤步也會過來爲大村送行。這幾個好朋友，每逢季節變換的時候，總不忘相約到三島的店裡聚聚聊聊。想想也已經兩年多了，不過並不知彼此心中「那裡」的世界。這樣也好，反正認識也是在這裡、交往也是在這裡。

「煮物」是家常菜色到懷石料理，日本人最喜歡的菜式之一。正因如此，前來品嘗的顧客總是對此要求特別嚴格，卻也正是廚師展現絕活的大好機會。三島將蓮藕滾刀切塊，大小均等，而且切口整齊；香菇表面刻出十字花樣。之後，把這些準備好的材料分別處理：蓮藕用白醬油、香菇用黑醬油細心燉煮。煮好後裝盤，黑與白的搶眼對比，在視覺上更勝一籌。

「這裡」與「那裡」。或許這兩個世界的確是有不同。但是，對三島而言，兩者的分界已不再如先前那般、有著壁壘分明的區隔。與其說是模糊，不如說是兩個世界交錯相間，形成像是大理石般黑白交會的美麗模樣。於是，「那裡」的存在，一天天的淡薄了。

唯有這件事是非常清楚的。大村即將從「這裡」回到「那裡」。以後，「這裡」就沒有大村，而大村的心中也沒有「那裡」。

三島抬起頭，凝望遠方陽光照耀處。光線柔和地灑在三島的臉上，頓時眼前迷濛了起來。

あっちとこっち、——ふたつの世界が交差するという人生の選択。

第三個選擇

二〇〇七年　秋

九位派駐職員站在飛碟上大聲談笑。妹尾怕被同伴遺棄，死命地抓住飛碟的邊緣。白煙充滿四周，一股無形的能量順勢爆發。好強大的能量！

——這就是「日本心」……

記不清是多久以前的往事了，也想不起是誰先說的。總之，那句話在當時還是小學生的妹尾崇心中所激起的波紋，至今仍無法消逝。

——台灣人。

自從那件事情發生以後，這個稱號如同流行性感冒般，以驚人的速度在同學間散播開來。不管是在教室裡，還是在校園中，同學們總愛這般嘲弄他。

自己真的是台灣人嗎？妹尾不敢直接向母親詢問。雖然只是個小孩子，但也能感受到這是個禁忌的話題。在妹尾出生後沒有多久，日本父親就與台灣母親離婚了。能上哪兒向爸爸問個明白呢？只好把這個疑惑，默默地埋藏在心中。

有一次，妹尾問姐姐。

「姐，在學校裡有沒有人喊妳是台灣人？」

姐姐看了妹尾一眼，沒有回答。取代的是，嘴角牽動著淺淺的苦笑。

隨著年齡漸長，被喊做「台灣人」的情況便很少發生。但是那從未有解答的疑惑，仍靜靜地躺在妹尾的心底深處，紮紮實實地，隨著呼吸反覆起伏著。

我是日本人，還是台灣人……

大學入學考試落榜後，妹尾決定放棄重考，選擇前往台灣念大學。畢業之後並沒有回日本，而是留在台灣的日商公司工作。

回頭想想，這樣的人生發展也並非全屬偶然。或許是冥冥中的安排，要靠著自己的力量，去尋找那困惑已久的答案吧。

但在現實生活中，別說是找答案了，反而日子越過越糊塗。

太陽依舊每日升起，每日西沉。

妹尾拜訪新竹科學園區的客戶，回到辦公室已經超過晚上八點。在這六十名員工辦公桌並排的空間裡，大半的同事早已下班，只留下疲累又沉悶的空氣迴蕩著。

妹尾所屬的電子零件部的同仁全走光了，而公共事業部還留有幾個忙碌的身影。對那個部門來說，加班是家常便飯。

妹尾把公事包放在座位下方，滿是疲憊的身軀，重重地落在座椅上。還有不少事等著解決呢！再累還是得提起精神幹活。於是打開電腦，準備繼續工作。

第一件要緊事就是給日本工廠發一封e-mail。今天去客戶那兒，發現工廠生產的電源供應器內部、印刷電路板上的電容有被燒黑的情形，必須馬上反映給工程師詳查原因。

「出問題的那片電路板，我會再寄回去，麻煩您查明原因後，擬出具體的措施，作爲日後發生類似狀況的因應對策。謝謝。」寫完e-mail之後，妹尾打開公事包，拿出從客戶那兒取回的電路板。有一部分已經燒得焦黑。

就是這個傢伙，搞得我今天一整天什麼事都不能做。

發洩完滿腹的抱怨，妹尾把電路板往桌上一扔，發出「砰」的聲響。

有個聲音從妹尾的背後傳出。

「還沒回家啊？」

回頭一看，公共事業部的陳明仁站在那兒，手中握著紙杯，散發出陣陣咖啡香。看情形打算繼續奮戰。

「是呀！我交的貨出了點問題，被客戶叫過去。」

「那種事，找代理商去做不就好了？」

「怎麼可以呢？再說，我只是個新人……」

「你眞是太敬業了。哪像我們部門裡的日本人……」

部門裡的日本人。陳明仁指的是大羽祐一。

「說到大羽先生，我看他每天都十分忙碌。」

「一點也沒錯。每晚都在『林森大學』裡忙著進修。」

「那也是爲了工作呀！」

「最好是。」

陳明仁冷笑一聲。

大羽是公共事業部的營業員，三十五、六歲。與當地僱用的妹尾不同，大羽是從日本總公司派來的派駐職員。

派駐職員與當地職員在待遇方面，確實有差別。單單是每月的薪水與年終獎金，就比當地職員高出許多。其他方面更別提了。從高級公寓的房租到交通費等等花費，一切全由公司負擔。種種的福利，看在當地職員眼裡，稱得上是特權。除此之外，公司還保證派駐職員調回總公司時，職務上一定會升遷。

妹尾按下e-mail「傳送」鍵的同時，桌上的電話正好響起。這個時候，不是打妹尾的手機，而是撥辦公室電話的人，大概可以猜出是誰。

「您好，我是妹尾。」

拿起聽筒，傳來一串連珠炮似的日文，轟隆隆的卡拉OK吵鬧著。

「是妹尾嗎？我是大羽。下班的話，要不要過來？我們在『愛』這裡。」

「不用了，還有一點事情沒做完，今天就……」

「什麼？你說什麼？聽不清楚。反正我等你。」

大羽自顧自的把話講完後，便把電話掛了。一定是和那些從日本來台灣出差的人一起吃喝玩樂。但，爲什麼，自己老是被拉去參加這種場合？會不會有什麼特殊的原因？妹尾心中納悶著。

拿起外套，轉身正要離開。這一秒鐘，恰巧與陳明仁的目光交會。「又要去參加日本掛的會議呀？」隱約聽見這樣的冷語。

下了計程車，妹尾朝著小酒吧「愛」走去。好幾條並排的小巷子。五光十色的霓虹燈招牌。來來往往的醉客。才幾個月的光景，原是完全陌生的林森北路，現在閉起眼睛都可以畫出地圖，摸透了它的每個角落。

眼前突然出現一家新開張的日本料理店。在這一帶競爭激烈的超級戰區，店家一換再換，也不是什麼新鮮事。不過，從店的門面看來，內部的氣氛挺不錯的樣子。妹尾不禁停下腳步，對著店招牌仔細端詳。蒼勁有力的毛筆字寫著「獨樂」二字。這時，口袋裡的手機響了起來。

「你現在人在哪裡？」

是大羽的聲音。

「就快到了。已經看到招牌了。」

妹尾一面回答著，一面加快腳步。

不到一分鐘，便到達那間小酒吧「愛」，第一眼就看見那厚實的木造大門。用力將門推開後，卡拉ＯＫ的巨響像是火藥爆破一般迎面襲擊而來。所有的店小姐們齊聲高喊：「いらっしゃいませ（irassyaimase，『歡迎光臨』之意）。」

坐在裡面座位的大羽，高舉手臂向妹尾招了招手。旁邊坐著兩位沒見過的男子，還有三位身穿亮眼禮服的小姐。

「對不起，我遲到了。」

妹尾走過去向大家打聲招呼，接著大羽開口：「這位是我們在當地僱用的職員，他叫妹尾。」簡單地把妹尾介紹給兩位第一次見面的男子。

這二位是從日本總公司來台灣出差的同事。在台灣的任務已經完成，明天就搭機返國。妹尾選了大羽旁的空位坐下。小姐馬上展現職業化的服務，手持空杯，等著妹尾坐定。「水割り（mizuwari，『威士忌加水』之意），好嗎？」妹尾反射性地回答：「嗯。」

從現在開始，一成不變的老戲碼又再一次重複上演。

與小姐們聊著言不及義的話語。老是唱著那一百零一首卡拉ＯＫ招牌歌。從洗手間回座後小姐奉上的熱毛巾。白霧瀰漫的香菸。大羽和出差同事交換著工作情報與總公司人事八卦。有時候也會夾雜著與妹尾相關的話題，像是中國話很溜啦、本地的大學畢業啦。這些都是大羽說的。而今天聊天的話題一直延伸到妹尾是日台混血。

「雖然我是混血兒，但因爲是在日本土生土長，所以我和大家並沒有什麼分別，是道道地地的日本人。」

以妹尾的經驗，這是最保險的回答。即使如此，那位叫橫山的工程師仍對妹尾的背景產生好奇。

「可是，你的生長環境與我們不同，那是什麼樣的感覺？還是說，我們視爲理所當然的事，其實也不盡然？」

「這個嘛，我也沒有比較過。不太清楚。」

「這樣啊。那，你自己覺得呢？我不是指國籍，而是想問問你自己的感覺。是台灣人？還是日本人？」

「嗯……台灣人和日本人的差別在哪裡，我也不太清楚……」

「說的也是。」

這個話題到此算是告一段落。麥克風遞了過來，輪到橫山上場。橫山唱著歌，很專注地看著螢幕上的提詞。妹尾望著橫山，這時心中卻升起一股無名的煩躁。「你自己覺得呢？」橫山的這句話，不斷在妹尾的腦海中迴蕩著。

妹尾回到家，已經接近半夜十二點了。多多少少喝了點酒，不過還算清醒。妹尾目前是寄住在母親妹妹、也就是阿姨的家。阿姨家中除了姨父之外，還有個當兵的兒子，和一個正準備大學考試的女兒。每次回家的時候，全家人都入睡了，妹尾躡手躡腳悄悄進到房裡，總是害怕吵醒他們，更何況常常是一身酒氣回家。自知帶給人家困擾，心中深感不安。妹尾最近考慮搬出去住的事。

妹尾小心翼翼地將門打開，盡量不發出聲音。

門一開，客廳一反常態，燈還亮著。美智表妹盤腿坐在沙發上，一臉煩悶地看著電視。

「怎麼了嗎？還在看電視。」

「書讀不下。」

電視上好像正播著談話性節目，找了幾個名嘴批評政府的施政，七嘴八舌吵成一團。妹尾很少看這類節目。美智突然開口問道：

「小崇哥，你考大學的時候累不累呀？」

美智知道妹尾是台灣大學畢業的高材生。

「我跟你們不一樣，是參加外籍生的考試。要說累不累，還好啦。」

「當外國人真好。」美智露出羨慕的表情。

不過，回想當時在學校的情景，妹尾卻不這麼認為。

就準備大學入學考試這點來說，比起本地生，外籍生或許的確是輕鬆許多，而且台灣同學對外籍生也相當親切。在學業方面也好、生活方面也好，同學們總是熱心幫助。不過，那也只是在一開始時是這樣的。日子久了，同學熱誠的態度在一夜之間起了變化，而且沒有任何前兆。

課堂上被教授誇獎，反而換得同學冷漠不屑的眼光，甚至連課堂延期、換教室等重要的事，也被故意遺漏通知。原本要好的同學漸漸疏遠。

「說不定是有人嫉妒妹尾。特別是那個叫高正義的，好勝心很強，見不得人家比他好。」

「對對對。妹尾是日本人，教授也是日本留學回來的，難免會有人認為教授特別偏袒妹尾。不過教授一向很公正，應該是不會這麼做。」

還是有幾位同學站在妹尾這邊，你一言我一語地討論著。

不過，妹尾認爲，同學的態度轉變，不單只是出於嫉妒而已。歸根結柢，是因爲自己的外國人身分。外籍生的成績比本地生優秀，那可是犯了大忌。

體認出這一點，是在一次分組討論的場合。討論題目是「由勞力密集產業轉升爲技術密集產業」。妹尾從日本網站尋得許多案例資料，鉅細靡遺整理成條理分明的報告，準備與大家共同討論分享。出人意料地，其他組員顯得興趣缺缺。

「這些資料，是日本的吧？日本的資料不能做爲台灣的參考喔。」

說這句話的人是高正義。馬上就有同學附和著。

「對呀對呀。做這種分析一定要符合台灣的狀況才行。日本的資料根本不合用啦。」

聽到大家的冷言冷語，妹尾卻一點也不想反駁。自己心裡很明白，問題不是出在資料本身，而是這些資料是由一個外國人從外國網站找出來的，搶了他們的鋒頭。在他們的世界中認定，這就是犯規。

妹尾的資料終究成了一堆廢紙。

連宏榮是妹尾公司的代理商。約莫四十出頭，與大學剛畢業的妹尾相比年長許多。妹尾常與連宏榮一起拜訪客戶。一天，兩人同行推銷具有自動過濾雜訊功能的手機零件。回程時，連宏榮載著妹尾，一路上天南地北聊著，相當開心。連宏榮爽朗的個性，讓人感到相當舒服，不像辦公室裡的同事，動不動就擺出自認爲高人一等的傲慢。

「下個禮拜竹中先生要來台灣，是嗎？」

「欸，e-mail上是說下個禮拜三。」

「那個人一出現呀，把客戶都給得罪光了。還是別來比較好。」

連宏榮半開玩笑似地，一面講一面苦笑著。

這位竹中先生是工廠的電子零件製造部主任，最近爲了新產品的技術說明而來台灣。做起事來非常認眞，但也因爲專業人士的牛脾氣，在談生意時，價格方面絲毫不肯讓步，因此與客戶間常有口角發生。台灣這邊的人幫他起了個「老頑固」的綽號。

「那個老頑固，既沒耐性又容易發脾氣，總認爲日本做生意的那一套是最好的。」

「好像有一點。」

「日本人都一樣啦。也不想想，客戶是台灣公司。要賺台灣人的錢，起碼也得懂一點台灣人的規矩。入境隨俗嘛。我們跑業務的也很辛苦耶。」

「要照台灣人的方式做生意，日本人恐怕很難接受。」

「可是你就不一樣呀。又懂台灣，中文講得又好，根本不像日本人。」

「或許是因爲我在台灣念大學，而且我母親是台灣人的緣故。」

「咦？你媽媽是台灣人？」

連宏榮轉過頭來，表情顯得十分興奮。

眞有趣。在日本的時候，一提到母親是台灣人，對方的表情通常會轉爲冷漠，之後的氣氛反而讓自己不知所措。在台灣卻正好相反，人人都以友善的態度接納。對了，童年時期隨著母親回台灣的情景也是一樣的。無論是親戚還是朋友，每個人都對他疼愛有加。雖然當時年紀小，卻對台灣人的熱情留下深刻的印象，總想著以後有機會還要再來台灣。當然，那時也沒有料到長大後眞的會住在台灣、留在台灣發展。

回到辦公室已經是下午四點了，比平常要早些。隔壁座位的助理劉如芳一見到妹尾，便急急忙忙問道：

「妹尾，今天晚上有空嗎？」

突然這麼一問，妹尾愣了一下，不知劉如芳的意圖。

「有空呀。什麼事？」妹尾老實地回答。

「今天晚上福利委員會要開會，要不要來參加？還有一些經費，順便聚聚餐。」

福利委員會是專辦與員工福利相關事務的組織，由各部門指派一名員工擔任委員。妹尾所屬的電子零件部是由劉如芳擔任委員。

「好哇。」

想不出拒絕的理由，妹尾便同意參加今晚的聚會。而且，進入公司以來，只聽過有福利委員會這個組織，但從未接觸過。妹尾充滿好奇。

「那麼，晚上六點，在公司後面的那家『my friend』。曉得吧？」

話一說完，劉如芳好像沒發過這件事一樣，回到座位上繼續工作。

五點半下班時間一到，同事們有如海水退潮般地紛紛離開。通常這個時間妹尾還在跑外務，不然也是在附近店家簡單吃個晚餐，再回辦公室繼續奮鬥。今天與劉如芳約好六點，妹尾提前收拾桌上的東西，關掉電腦，準備下班。

正巧這個時候，桌上的電話響了。

「今天晚上跟東海電器的田中先生約好一起喝兩杯。要不要過來？」

又是大羽來邀約。

已經和劉如芳先講好了，這回眞的沒法子答應。但是，拒絕的話語就是說不出口，好像心裡有所畏懼的樣子，連自己都不清楚是爲什麼。「其實，今天晚上……」勉勉強強擠出這幾個字。「不方便嗎？」大羽回覆這麼一句。

自己眞是多心了，竟然比想像中還容易解決。這還是第一次回絕大羽的邀約。快遲到了。妹尾掛上電話，抓起公事包，飛快地離開辦公室。

走了二、三分鐘，就到了「my friend」泡沫紅茶店。妹尾看到一群人佔著店裡的大桌子有說有笑。劉如芳和公共事業部的陳明仁都在，其他還有五、六個不認識的。劉如芳對妹尾招招手，另一位同事從隔壁空桌拉了張椅子，示意要妹尾坐下。店員見到新客人進來，連忙拿起菜單，妹尾隨意點了一道客飯。整桌人不知在聊什麼話題，笑聲不斷。

「大家都到齊了。趁現在菜還沒上桌，我們就開始吧。」

鬧烘烘的氣氛，因爲劉如芳開場，大家都安靜下來。

「首先跟大家介紹一下，這位是我們部門的妹尾先生，是日本人。」

「我是電子零件部的妹尾崇，四個月前才進公司。還有很多地方要請各位多多指教。」

「中文講得眞好。」

「眞的是日本人嗎？」

聽了妹尾的自我介紹，幾位第一次見到妹尾的人，不禁發出這樣的讚嘆。

「今天是第一次進行員工旅遊的討論，請大家踴躍提供旅遊地點。我提議去日本，不知各位意下如何？」

幾位在座的人鼓掌表示贊成。妹尾這時瞭解了爲什麼會被找過來的原因。之後，會議由劉如芳主持，大家針對日本的旅遊地點紛紛提案。第一名是東京，接下來是北海道、京都。從沒去過日本的人都想去東京看看，而去過的人大多贊成去北海道。

「妹尾，可不可以請你以日本人的立場，提供一點意見，有沒有哪些景點値得推薦的？」

坦白說，這三個地點妹尾都不感興趣。家鄉橫濱離東京不遠，京都在國中學校旅行時就去過了；至於北海道，天氣冷得要命。不過，先將個人喜好放在一旁，身爲日本人，得好好推薦幾個不錯的觀光景點。

「我提供幾個地方給大家參考。我個人覺得能登金澤、安藝宮島那邊很不錯，風景又漂亮，很有日本的特色。大家可以去泡泡溫泉、吃吃當地美食，一定會玩得很開心。」

自以爲提供了相當好的建議，反觀大家一副不以爲然的表情。

「聽起來還不錯。我們把這些地點列入名單，再一起問問旅行社看看。」

「也可以上網查一查。」

會中這樣的反應，可以感覺出是禮貌性的客套話。妹尾猜想，剛才的建議應該是被判出局了。不禁回想起大學時代分組討論的那件事。

這次開會沒有任何結論就散會了。看樣子這次員工旅遊的地點有很多提案，最後還是會決定去東京吧。不管結果如何，今天的會議妹尾有了新發現——劉如芳會講日文。

「雖然目前還沒有決定要去哪裡，你提出的意見，我一定會認眞考慮的。」劉如芳用日文對妹尾說了這句。

從沒聽過她在辦公室裡說日文，沒想到講得這麼好，妹尾感到有些驚訝。一問之下，原來她在大學時代曾經學過，現在則是利用下班時間，一個星期兩次到補習班上課。

「幫我保密，不要告訴其他同事喔。」

「有什麼原因嗎？妳講得很好呀。」

聽見妹尾的讚美，劉如芳感到有些不好意思，微微低下頭，但很快地又將頭抬起，笑咪咪地說：

「改天我把我的日文老師介紹給你認識。」

「漂亮嗎？」

「嗯，長得很好看。可是很抱歉，他是個男的。」

「什麼啊，原來是男的。」

「什麼叫『原來』？人很好，眞的。」

「知道了。好吧。」

在台灣，遇見日本人便急著把自己的日本朋友相互引見、像劉如芳這樣熱心過度的人還眞不少。妹尾已經遇過許多次了。但實際上眞正會介紹的很少，一般而言都只是找話題隨意說說罷了。這次恐怕也是如此。妹尾並沒有把這件事放在心上。

幾天之後，加班時間又接到大羽的電話。又是從小酒吧打來的。

妹尾已經連續回絕大羽三次了，總覺得這次再推辭的話，應該不會再有後續的邀約。這樣也好。但是，換個角度想想，與大羽之間的交情也可能因此生變，造成彼此關係緊綳的局面。可以的話，眞希望現在這樣的平衡狀態能夠永遠持續下去。

幾經考慮，最後還是去了。倒也不是對於拒絕一事感到內疚，起碼看在對方如此熱情邀請的份上，總該答應一次吧。只是爲了這個不成理由的理由而已。

「小京都」酒吧裡只有大羽一位客人，坐在吧檯獨自飲著啤酒。沒有吵雜的卡拉OK，店小姐的招呼聲顯得特別響亮。

「眞難得。今天一個人嗎？」

「嗯。偶爾就我們兩個也不錯。」

印象中，和大羽二人對飲，這還是第一次。是有什麼特別的事情要談嗎？還是說，前幾次的邀約都沒答應，心裡有些不愉快？

幾杯黃湯下肚，妹尾心中突然浮現以前就想問的問題。趁著今晚只有二個人，如果錯過可能機會不再。

「大羽先生，爲什麼老是約我出來呢？」

「不好嗎？」

「不是不好，只是覺得奇怪。畢竟不是在同一個部門。」

「被你這麼一問，反而不知道該怎麼回答才好。日本男人都想在下班之後來這種地方放鬆一下，不是嗎？」

妹尾倒不這麼認爲，只是接著對方的話順口問了問：

「那麼，是開慰勞會囉？」

「嗯，你也可以說它是『懇親會』、『同鄉會』呀。」

「是同鄉會啊？這麼說來，我算是日本人囉？」

「那是一定的。」

大羽嘴上很肯定地回答。不過，那口氣，不像是發自內心。

「大羽先生認爲日本人和台灣人不一樣嗎？」

怎麼會問這種問題？自己也不明所以。不知不覺就脫口而出。

「應該是不一樣吧。所以啦，在這裡，很多事情的做法都跟日本不同，不是嗎？你會不會也有這種感覺？」

「嗯。不過，是哪裡不一樣，我也說不上來。」

大羽沉思了一下。「總歸一句話，日本人都擁有一顆相同的『日本心』。也就是說，只要是日本人，就算不用解釋，也都能心領神會。能懂這個，就是日本人。所以呀，一個外國人，就算他的日文再好、再怎麼瞭解日本，不懂這個，就絕對不是日本人。況且我們又不想讓外國人來懂我們。」

妹尾能理解大羽想說的是什麼，這或許是大羽一直邀妹尾的原因。可是，「日本心」到底是指什麼？無需解釋，是日本人就能領會的到底是……

妹尾思索了一會兒，大羽轉變話題。

「今天呀，叫你出來，是想問你一件事。」

「欸？是什麼事情嗎？」

「老實說，我們公司每個月，都會舉辦一次日本派駐職員的定期聚會。下次訂在這個星期五。山中副總經理要我問問你來不來。派駐職員是半強制參加。至於妹尾你，是當地職員，情況比較特殊，不一定有興趣參加。當然啦，還是要尊重你個人的意願。」

「這樣呀。」

「要不要考慮看看？」

「像我這種，可以去嗎？」

「不介意的話就過來呀。與其問這兒問那兒，來參加一次就知道了。全部大概是十個人左右，裡面或許有你沒見過的，大家認識認識也好。」

「我曉得了。」

「那，說好了，你要來喔。詳細的時間地點，再用e-mail通知你。」

妹尾一直不知道公司有十位派駐職員。不過，有一點可以確定的是，這些人都擁有一顆「日本心」。這是不會錯的。大羽說我是日本人，那我也會有那一顆「日本心」吧?只要去參加這個聚會，就應該可以明白了。妹尾的心中，好奇與不安的複雜情緒，在胸中交錯激盪著。

定期聚會的地點在林森北路的餐廳。會選在這裡舉行，主要是因爲方便在聚會結束後移師到第二攤。這家餐廳的入口並不寬，有個樓梯直通地下室，連接著細長的走廊，兩側設有數個包廂。

通知上說六點半開席，大羽帶著妹尾提前十分鐘到達。山中副總經理已經就座，身旁是一位年約四十五、六歲的男性派駐職員。經過簡單的招呼及介紹後，妹尾挑了靠近入口的座位，等待其他同仁的到來。大羽顧及妹尾是第一次參加，與大家不熟，便緊鄰著妹尾旁邊坐了下來。

十分鐘之後，陸陸續續到齊了。其中有一、二張熟面孔，其他的人則完全沒見過。大概他們是其他樓層的重電部與採購部的同事吧。每個人都向山中副總點頭致意後，很自然地往妹尾的方向瞄了一眼。

人差不多都到齊了，這時一打一打的啤酒也送了進來。服務生把每一個杯子都斟上，啤酒泡沫一股腦兒地往上衝，沒拿捏好，又四處溢流。全部的杯子都裝滿了之後，看看時間也差不多了，山中副總開始發話。

「各位辛苦了。首先向各位介紹一下我們的新成員——電子零件部的妹尾。」

這一瞬間，如同聚光燈般，所有視線全聚集在妹尾身上。太意外了，一點也沒準備，一時之間無法呼吸。腎上腺素大量分泌，體內的血液全往腦門衝。該說些什麼呢？完全沒有準備。只得把頭壓得低低的，不敢正視大家。見到這情況，山中副總接著說：

「妹尾是我們公司很難得在當地僱用的職員，進公司也才四個月。由於他不是派駐職員，是不是要找他來參加，我也考慮了很久。不過，既然同是住在國外的同胞，單單把他排除在外也說不過去，所以這次就邀他過來。那麼，我們現在就請妹尾向大家做個簡單的自我介紹。」

這下子接力賽的棒子傳了過來。

「我是電子零件部的妹尾崇。承蒙剛剛副總經理的介紹，我是在台灣這裡受僱的職員。」

接下來呢？怎麼也講不下去。其他九位同事正盯著妹尾。該說什麼？腦袋裡一片空白，卻又是千頭萬緒。

「……嗯……後來，我在這裡讀完大學。所以……今天……大羽先生通知我有這樣的聚會，所以我就過來了。很少有機會參加純粹只有日本人的聚會，……心情很緊張。希望能夠藉這個機會，與大家相處，再次感受日本人的心……謝謝大家，請多多照顧。」

四周響起了鼓掌聲，妹尾感到全身虛脫。到底說了些什麼，也幾乎沒印象，只確定剛才的表現東一句、西一句，沒有什麼內容又十分可笑。全身大汗淋漓，緊張不已。

大菜陸續上桌了，大家高興地又吃又喝、抽菸談笑，整個氣氛高漲沸騰，只有妹尾一人無法融入其中。剛才受矚目的警報解除了，再也沒有人會去注意到這毛頭小子。剛才講的那些出糗的話，應該是沒有人會記得吧？現在的妹尾，能做的只是看著同事們相互灌著啤酒，當一個安靜的旁觀者。

雖然只是在一旁靜靜觀看，但也絕非是件容易的事，光是要能聽懂談話的內容都相當吃力。那些關於總公司的人事、台北分公司的業績、與客戶的生意，像是聽外國話似地，根本是鴨子聽雷；而台灣的時事、生活習慣上的差異等等與台灣相關的話題，對於完全習慣台灣生活的妹尾來說，體認上存在差距而無法有共鳴。

也有幾位細心的人注意到妹尾沒有伴而主動接近一起聊聊，但因爲彼此間沒有共同的話題，聊不上幾句便另尋夥伴。在座唯一與妹尾較熟的大羽，手持酒杯站著，和山中副總聊得正熱絡，絲毫沒有打算回座的跡象。妹尾只好獨自一人喝著酒。

其實妹尾的酒量並不算差。但是在極度緊張的狀態下，感覺不出酒精已經開始發揮作用，所以不知不覺一杯接著一杯。

朦朧中，周圍的談話聲全成了刺耳的噪音，同伴們像極了紅臉的孫悟空。整間包廂大大地晃動了一下，圓桌竟成了飛碟，噴出大量白煙，離地升空。九位派駐職員站在飛碟上大聲談笑。妹尾怕被同伴遺棄，死命地抓住飛碟的邊緣。白煙充滿四周，一股無形的能量順勢爆發。好強大的能量！

——這就是「日本心」……

接著，在意識深處隱約傳來他們的交談聲。

「這傢伙，畢竟還是台灣人。」
「感覺得出來。」
「果然跟我們不一樣。」
「台灣人就是台灣人，冒充不了日本人。」
「台灣人。」
「台灣人。」
「台灣人。」
圓桌的桌巾從妹尾緊抓的手中抽離。巨大的飛碟繼續噴出強而有力的白煙向上升空，離地越來越遠，越來越遠，終於消失。

醒來已經接近中午了。腦袋裡像裝滿了鉛塊一樣沉重。昨晚的情形不完全記得。餐廳的圓桌有些印象。之後一群人殺到附近的小酒吧繼續第二攤、又第三攤。不不，只有二攤。坐計程車回來的事也還記得。下車的事也記得。接下來記得最清楚的是不知從何處聽到這一句：

台灣人。

看樣子，以後每個月的聚會一定要參加吧？非得如此不可嗎？我不想去，我不要去，我討厭去，就連在公司裡碰面都幾乎想躲起來。下意識產生抗拒上班的念頭越來越強烈，又另一方面慶幸今天是週末。

可是，到了星期一又該怎麼辦？要請假嗎？還是乾脆辭職好了。可是，眞要辭職的話，躲避現實的結果反而會在心裡造成難以磨滅的陰影。

現在想也沒用，到時再說吧。

走進廚房，從冰箱倒了滿滿一杯冰水，仰頭一飲而盡。雖然腦袋還是昏昏沉沉的，身體倒是暢快了不少。

回到房裡，打開手機，查看一下昨晚的未接來電紀錄。七點有一通，之後有另一個號碼每隔三十分鐘出現一次、共有五次，今天早上又撥二次。陌生的電話號碼。別理它好了。偏偏越是這麼想，就越是放心不下。於是回撥過去。

先回撥七點的那通電話。

「您好，請問昨天晚上七點左右您有打過電話來嗎？我是看到來電紀錄回撥的。」

對方停了幾秒鐘，像是突然想到什麼，用驚喜的語調回應：

「妹尾嗎？是我，高正義。」

高正義？當然記得。是大學時代的同學。當時的交情如何，已不復記憶，反而是被嫉妒排擠的印象特別深刻。這號人物在畢業之後就已從妹尾的通訊錄中消失，怎麼會打電話過來？是有什麼事嗎？

「我聽說你在日商的電機公司做事。工作上還順利嗎？」

「還好啦。」

「這樣呀。其實我打電話給你，是因爲我最近開了一家公司，想找你過來一起合作。當然，還是要看你的意願。」

如果是在昨天以前，一定會馬上回絕。但經過昨晚的事情之後，妹尾猶豫起來。高正義似乎察覺到了，接著繼續說：

「看你什麼時候有空，我們碰面談談。今天也行。」

「過一陣子再說吧。我沒辦法馬上回答你，總得給我時間好好考慮考慮，想清楚了再跟你聯繫。」

妹尾掛上電話。接下來要回覆第二個電話。從來電紀錄上看，一共打了七次。到底是什麼重要的事，非得與妹尾聯繫上不可呢？

「是妹尾嗎？終於找到你了。都不接電話，怎麼回事啊？」

劉如芳高亢的聲音，在妹尾宿醉的腦中轟轟作響。

「是這樣子。今天晚上我的日文老師有空，所以我先和他約好了，但你老是聯絡不上，我好著急。如果你晚一個小時打來的話，我就要取消這次的安排了。」

一開始還一頭霧水，沒聽懂劉如芳在講些什麼。很快便回想起來。上次福利委員會開會的時候，她說要把日文老師介紹給我。原以爲只是說說而已，沒想到她是認眞的。

話雖如此，妹尾倒想見見這個人。印象很深，當時劉如芳大大地稱讚她的日文老師。

人很好，眞的。

雖然還沒見到面，但聽到這樣的評語，妹尾心中有一種祥和平靜的感覺。

劉如芳滿懷歉意地表示因爲有事，無法前往。妹尾卻一點也不在意，問明了時間和地點，仍決定赴約。

安排在六點半晶華酒店的大廳。爲什麼劉如芳會把初次見面的兩個人，約在這種人來人往的地方？妹尾實在是想不透。但衝著劉如芳鍥而不捨、連打七次電話的這股熱情，也只好將就一下。

對方的名字是竹本幹夫，年紀約三十五、六歲，是補習班的日文老師。對他的瞭解僅止於此。妹尾一到達酒店大廳，便撥電話給竹本。話筒傳出「嘟——嘟——」兩聲，一位講話聲調有點高亢的男子接起電話。

「喂喂。」

「我是劉如芳的同事。我姓妹尾。請問是竹本先生嗎？」

「我是。你現在在哪兒？」

「嗯……我在大門進來左手邊的櫃檯……」

話才說完，有一位身材瘦高的男子一邊講著手機，一邊揮揮手，朝著妹尾走來。

「很高興見到你。我是竹本。」

與大羽差不多年紀的一個人。比起大羽，多了一份爽朗可親的個性。這是妹尾對竹本的第一印象。

「請問這附近您熟不熟？有沒有什麼好吃的餐廳？」

「不好意思，我以為妹尾你是業務員，應該比我這個閉塞的日文老師要來得更熟悉才是。全靠你啦。」

妹尾思索半天。這附近好幾家小酒吧是很常去，反而吃飯的餐廳卻怎麼也想不出來。突然靈光一閃，之前曾經留意到一家日本料理店「獨樂」。

「有一家日本料理店，如何？我是沒去過。從店面看起來的感覺還不錯，想找個機會去試試。」

「好哇。說走就走。」

於是二人步出酒店大廳。

走了差不多十分鐘，便來到了「獨樂」。一進門，店內有幾張桌子，也有日本料理店常見的料理吧檯。與吧檯相對的原來是一整面的玻璃落地窗，由於天色已晚，反而像是大鏡子似的，映照著店內的形形色色。吧檯已經沒有座位，而除了最靠近門口的那張桌子是空的之外，其他桌也都客滿了。在料理吧檯裡正忙著的廚師見到客人進門，招呼著「歡迎光臨」。雖然聲音不是中氣十足，但口齒清晰，一點也不含糊。

妹尾和竹本走到唯一空著的桌旁坐了下來。

「歡迎光臨。您要點什麼嗎？」

身穿日式半身外罩制服的服務生，一面親切地招待，一面遞上菜單。

生魚片、鹽辛花枝、烤雞肉串、煮物……，全是日本最具代表性的菜色。

妹尾二人隨意點了幾道後，在等待上菜的空檔，先灌了幾杯啤酒。

「請問您來台北幾年了？」

妹尾問著。這句話是在台北的日本人常被問到的招呼語。

「已經很久囉。前十年我還會記得，過了十年就不再記了。」

說到這裡，竹本自己也笑了。接著聊起自己、來台灣的契機，還有在台北生活的種種經歷等等。

對於妹尾來說，竹本是不同世界的人。周圍的朋友沒有一位像是竹本這樣的，聽起來充滿新鮮感。

聽著竹本講述自己的故事，妹尾的心情竟也平和下來。或許是因爲偏見、爭鬥、侮蔑、裝腔作勢，那些妹尾最爲反感的人際手段，在竹本的身上完完全全感受不到。劉如芳對竹本的讚美，妹尾也有同感。

不知什麼時候，桌上的半打啤酒已經空了。妹尾覺得這次是眞的醉了，打從進公司這段期間以來，這次醉得最爲舒暢。

「竹本兄，您覺得什麼才是『日本心』？」

「『日本心』啊，」竹本尋思著。「希望是一顆溫柔的心。」

這就夠了。這個答案頓時解開了妹尾心中所有的疑惑，竹本想表達的意思，妹尾都能領會。像是遇見知己似的，妹尾將長年心中所堆積壓抑的情緒，如同堤防潰決般地向竹本傾洩而出。由於自己母親是台灣人的身世背景，在成長過程中，始終被日本人視爲台灣人，又被台灣人認爲是日本人。而自己的認同呢？是日本人嗎？還是台灣人呢？

竹本靜靜地聆聽，淡淡地說：

「是日本人也好，台灣人也好，你就是你，不是嗎？那些人都是爲著自己的利益，藉著混血兒的雙重身分，利用或排擠，於是恣意把別人歸爲日本人、台灣人。只是這樣而已。實際上，是日本人或是台灣人，對那些人來說，根本無關緊要。所以說，因爲在意別人口舌而自尋煩惱，未免太傻了。」

「想想也是。」

「對呀。在你面前，不只兩條路可走。」

不只兩條路可走？原來還有第三個選擇。妹尾細細咀嚼竹本說的話。

時間像是被遺忘似的，什麼時候店裡的客人只剩妹尾、竹本，還有一個像是熟客的男子坐在吧檯旁喝著酒。不一會兒，那男子移到桌子旁的座位，廚師也從吧檯後方走出來，兩人對飲著。

雖然廚師沒有開口，看是要準備打烊吧。

這時從門外進來一位女性，一副像是被追逼而走投無路的慌亂。廚師見狀，立刻從座位上站起。

「有沒有賣日本料理？」

妹尾在半醉半醒之間，模模糊糊聽見有人問起這句奇怪的話。

原石的光輝

一九九七年　春

我已經決定了。不管怎樣，這是我一生中唯一的工作。

三月份大學畢業後，緊接的四月份便投身於職場中。這在日本是再自然不過的事，每個畢業生都認命地接受這樣的安排。

竹本幹夫打從心底發出反抗的吶喊。

倒不是對自己的未來有特別的規畫。只不過，對於爲何非得跟著這麼做不可，抱持著高度的排斥。

對於日本大學生而言，大四這一年，與其說是忙於課業，還不如說是忙於穿梭在大大小小的徵才活動中。花上一整年的時間，爲自己往後數十年的就業生涯尋找一個金飯碗。

竹本正好相反。看著身旁的同學不斷投履歷、四處應徵面試，竹本自己卻不心急，鎮日悠哉悠哉。家鄉的父母三天兩頭來電話問「工作找到了沒？」每次都隨便回答敷衍敷衍，再藉故把話題岔開。

該來的總是要面對的。離開學校的日子就近在眼前。畢業之後非去工作不可。這就是日本，這就是日本的社會。

讓竹本改變的是，同校的台灣留學生所說的一句話。

「去台灣教日文也不錯呀。」

聽那位留學生說，在台灣，學日文的人很多，日文老師的工作機會也不少。

台灣吶。也許可以試試。

竹本盤算著，如果去了台灣，至少可以逃離目前的現狀。日本社會中那些不得不遵守的規矩也不可能跨海而來。

竹本上網嘗試與台灣的日語補習班聯繫。結果有一家「每日日語」補習班決定採用，並通知竹本來台。

我已經決定去台灣教日文。對方通知我先過去認識環境，所以過幾天就要走了。到台灣安頓好之後，再向爸媽報告那裡的情況。

竹本在寄給父母的信中，僅僅寫了這幾句話。至於爲什麼不是打電話回家，而用寫信的方式告訴父母，是害怕又會被爸媽嘮嘮叨叨個沒完。

接下來的畢業典禮也不打算參加了。竹本就這樣上飛機飛往台灣。

三月，在日本還頗有涼意，那天的台灣卻有著初夏的炎熱。急駛的摩托車陣奮力地向前衝刺，留下令人掩鼻的廢氣混著塵沙；緊跟在後的公車也不遑多讓，卯足了勁，伴著引擎的怒吼聲拚命追趕。

休閒衫配上牛仔褲，外加一個手提包，從頭到腳完完全全是一日遊的裝扮。一身輕裝的竹本就這麼來到台灣。

朝著「每日日語」補習班出發！

竹本循著地圖，沿路找著事先打聽到的地址。是棟十二層的老舊樓房。單從外觀看來，像是集合住宅、又像是住商混合的大樓，左瞧右瞧也瞧不出補習班在哪兒。

眞的是這裡沒錯嗎？

竹本半信半疑，走進大樓入口。一個小小的櫃檯後方牆面上標示著大樓內公司寶號與所在樓層。竹本一個一個、仔仔細細地尋著「每日日語」的名字。找到了！在六樓。

竹本走在六樓的通道上，不住地上下打量：似乎有好一陣子沒打掃，牆壁和天花板全蒙上了一層灰；而自動門在這空間裡反倒顯得過分乾淨，一看便知道是新裝不久的；門的旁邊掛著招牌，寫著大大的「每日日語補習班」。

一進門，便是補習班的接待室：一個小小的櫃檯及一套沙發。再往裡面，隔成三、四個小房間，應該就是教室了吧？沒有看到學生。

出來招呼竹本的是陳淑蘭，一位三十五、六歲的女性。「大老遠過來，辛苦您了。」一口漂亮的日文。

雙方簡單寒暄之後，竹本提起此行的目的。

「想請問一下，什麼時候可以開始上課呢？」

「這個嘛……可以再等等嗎？招生人數不太夠，現在還沒有辦法開班。」

招生不足無法開班？竹本不太懂陳淑蘭的意思。陳淑蘭不打算多作解釋，急忙轉了話題：「對了，您住的地方有著落了嗎？」

「住的地方？我還沒去找……」

「這樣吧，乾脆在這兒住下。如果這裡的環境您不嫌棄的話。」

陳淑蘭將竹本帶往最裡面的那間房間。只有五坪大。雖然有窗戶可以通風採光，但幾乎是手一伸，便能碰到隔壁棟的房子，更別說窗外的風景了。空蕩蕩的房間裡，沒有床、也沒有桌子，只有佈滿灰塵的收納櫃和電風扇，附贈裝潢後留下的下腳料橫七豎八地堆放著。

「床和桌子我們會送過來。」陳淑蘭說完，便轉頭叫喚櫃檯職員清理眼前的這堆雜物。

竹本心想，這個地方說不上頂好，不過勉勉強強還可以住，省去四處找住處的力氣。至於一個月一萬元的租金……，搞不清楚是貴還是便宜，換算成日幣是四萬元左右——應該還可以吧。

傍晚的時候，不曉得從哪裡來的克難床舖——由一片不怎麼結實、薄薄的三夾板和幾根細鐵管組合而成，還有一條髒兮兮、硬梆梆的薄被，一起送了過來。

來到台北已經一個禮拜了。我在這裡一切都好，補習班的工作也漸漸上了軌道。這個月補習班開幕，學生上課很認眞，而我教書也很順利，請爸媽不要擔心。我現在住在補習班的宿舍裡，地址和電話號碼是……

竹本在信裡寫上台北的聯絡方式，讓遠在日本的家人能稍微寬心。

而實際的狀況與信上的內容正好相反，完全沒有任何要開課的動靜。儘管每天都有不少電話詢問課程方面的訊息，也有人親自來索取開班簡介。看樣子補習班在宣傳上確實花了一番工夫，可總懷疑開課的事會不會遙遙無期。

再這樣下去，得等到什麼時候呢？

就連一開始滿懷希望的竹本也漸漸感到不安。錢包已經快見底了。

「陳小姐，請問什麼時候可以開始上課呢？」

同樣的一句話，竹本一天問上好幾次。從最初回答「別擔心，安啦」、「別急別急，就快了」，現在的陳淑蘭整日憂心忡忡，無言可對。

或許得另外想想辦法。

看著陳淑蘭愁容滿面，竹本的處境已經很清楚了。再繼續這樣枯等下去，只怕是浪費時間而已。

於是竹本上街走走，找找有沒有別的工作可以試試。

滿街的公車和計程車爭先恐後地往前衝，車與車之間的縫隙正好成了摩托車騎士的競技場。竹本走在商業大樓櫛比鱗次的忠孝東路上，忙著睜大眼睛尋找寫著「日語」二字的廣告招牌。終於在ＳＯＧＯ百貨旁看見位於五樓的「富士日語」。

竹本喜出望外，三步併成二步直奔五樓。由於自己一句中文也不會說，竹本心想，既然是日語補習班，一定會有人懂日文的，於是趨前詢問櫃檯小姐：

「不好意思，請問這裡需要日語老師嗎？」

自己都覺得這個問題問得真奇怪，不過總算是把意思傳達出去了。

櫃檯小姐被突如其來的日本人嚇到了，慌慌張張丟下一句：「請稍等一下」便跑進辦公室，拉著一位小姐出來幫忙。

「請問有事嗎？」

是流利的日文。

「嗯……我、我是日本人。這裡有沒有徵日語老師呢？」

「很抱歉，目前並沒有在徵人。」

「……這樣呀。老實說，我是爲了教日文，上個星期才從日本過來的。」

竹本大致說明了一下自己的狀況，並表達需要一份工作的急切心情。

「你的情況我瞭解。不過，人事方面的事情必須由班主任決定，所以……」

「原來是這樣……」

沒指望了。竹本正感到絕望的時候，那位小姐問了一句：

「請問，你有教日語的經驗嗎？」

「教日語的經驗？沒問題，包在我身上。妳可能看不出來。大學時代，在學校的外籍留學生之間，我是個很有名的日語老師。不信的話，妳可以考我。」

其實竹本根本沒有正式教授日語的經驗。但在這種情況下，怎麼能說實話？所以，盡可能裝出有自信的樣子。

「這樣吧，等一下班主任來，我會向他報告這件事的。」

「謝謝，謝謝。千萬拜託了。」

「對了，剛才你說可以考考你，眞的沒問題嗎？」

「嗯。那是當然的。」

說好了今天晚上請竹本再來一趟，至於要不要考竹本還不確定。會出什麼樣的考題呢？擔心也沒有用，船到橋頭自然直。

和竹本說話的那位小姐名叫林清雪，是富士日語的老師。雖然只是交談幾句，但竹本覺得她是個態度眞誠的人，對她頗有好感。

「不是什麼考試啦，」班主任對依約前來的竹本說：「只是想請你試教一次給我們看看好嗎？」

難道當眞要站在講台上教課？話可是自己說的，不能說話不算話。事到如今，也只得硬著頭皮上場。

「那麼，要教些什麼呢？」

「都可以。挑你拿手的好了。」

班主任決定請竹本在林清雪的班上試教一個小時，程度是中級二。聽說這班的學生已經學過二年日語。

絕對不能露餡兒。

壓抑著緊張的情緒，竹本站在講台上。

背對著教學用的白板，竹本環顧教室一周。學生人數總共八人，最後一排坐著班主任與林清雪。

靜悄悄的。「他們，」竹本猜想著，「大概知道我是來試教的。」深呼吸一口氣，鼓足勇氣面對人生重要的一關。

「我的名字叫竹本幹夫。」

接著提起筆，在白板上寫下大大的四個漢字。突然間，坐在第一排的年輕女學生摀嘴竊笑。

「咦？怎麼了嗎？」

那女學生聽到竹本的問話，並沒有回答，仍然低頭嗤嗤偷笑著，身體顫動不已。這時，看起來像是正在念大學的男學生，從後面的座位站了起來，用日文回答：

「老師，『竹本』就是『笨』。『笨』，老師知道嗎？」

「pen？」

「不對不對。是『笨』。『笨』是『ばか（baka）』的意思。」

「『笨』就是『ばか』呀。喔，原來如此。我懂了。把『竹』和『本』合在一起，就成了『笨』字。眞好玩。哈哈哈。」

竹本在課堂上調侃自己的模樣，把學生嚇了一跳。不過，也正因爲如此，緊張的氣氛一下子緩和不少，之後整堂課完全在竹本的掌握中進行。

竹本對中國話一竅不通，說話完全用日文，也不管學生聽懂多少，強勢用日文對學生提問，學生也搬出所有學過的單字、使出渾身解數回答問題。一個小時的課很快就過了。

「您覺得我還可以嗎？」竹本想知道班主任的觀感如何。

「該怎麼說好呢？總歸一句話，你的教法毫無章法可言。根本沒有講解例句和文法。」

本想隱藏自己是菜鳥的事實，結果還是被行家一眼看穿。竹本自忖把事情想得太天眞了。

「不過，林老師說，這班學生能說那麼多日文，這還是頭一次。」

竹本就這樣被錄取了。像是在作夢一樣。

找到工作後，原本每天乾等補習班開課的竹本，一下子變得忙碌起來。第一件事便是搬離宿舍。雖然新的住處沒有獨立的衛浴設備，但比起之前像是雜物間改裝的要好得多。房間也比較大，也可以看見窗外的風景。租金只收六千元。

接著便是辦理工作證。雖說竹本來台北的目的是爲了工作，但什麼是工作證，可從來沒聽過。有一次補習班提起工作證的事情，竹本全然不知。

有好長一段時間，每天晚上，竹本的課排得滿滿的，全都是會話班。無法以中文溝通的竹本，對於這樣的安排，心中滿是感激。會話課程以補習班的指定教材爲主，再設計一些有趣的學習方法，在竹本的課堂上完全不使用中文，純粹以日文與學生間進行互動。

轉變成現今愉快的忙碌生活，是過去在每日日語枯等開課的時候，完全無法想像。

那天，上完課後，和幾位日籍老師相約吃消夜。那間營業到深夜的小吃攤就在補習班附近，走幾步路就到了。四個人找張桌子坐下來，點了幾道小菜當下酒菜，配上啤酒，沒塡飽肚子的再叫碗麵，算是對自己辛苦一天的犒賞。除了竹本以外，其餘三人來台灣都已超過一年，也有人已經五年了。他們似乎是常來光顧的樣子，對著老闆交代幾句，美味的小菜便一盤接著一盤自動上桌。同事用中文和老闆交談，看在完全不懂中文的竹本眼裡，心裡好生羨慕。

幾杯啤酒下肚，突然話題轉到工作上。

「分不清助詞『に（ni）』和『で（de）』的用法的學生很多。」

「我覺得『は（wa）』和『が（ga）』才是。」

菊池和谷川兩位老師正熱烈地討論著。由於竹本並沒有教過文法班，他們所說的內容就像是外星人講話似的，根本無從瞭解。

這時候，若井老師插進一腳。

「每次都聽到你們兩位爲了上課教學爭論不休。請問你們是打算一輩子當日語老師嗎？我呢，來台灣只是想學中文而已，當老師完全是爲了賺生活費。」

「會不會一輩子當日語老師，我現在也不敢確定，但是至少目前是靠當老師維生，當然要認眞教囉。」

「說得對。抱著短期打工的心態，只是爲了混口飯吃，那就太對不起學生了。」

「是嗎？如果沒有下定決心做一輩子的話，那與短期打工有何不同？而且菊池老師你剛才也說，不確定會不會一直教下去。說穿了，能不能靠教日文吃穿一輩子，你心裡也在懷疑吧？所以呀，這種工作你會全心投入嗎？」

聽完若井的話，菊池與谷川似乎也有同感。原本激烈的爭論聲突然停下來，啤酒泡沫消失的聲音在深夜裡顯得格外清晰。這時，靜坐一旁的竹本開口。

「決定了。我決定把教日文當成我終身的工作。」

語出驚人的決定，一時之間無人說話。

「喂，等等，等等。竹本，你當日語老師才一個月，就確定要當一輩子？不要說大話，理智點行不行？」

「我已經決定了。不管怎樣，這是我一生中唯一的工作。」

這個決定實在是太過於唐突，沒有人把它當回事。

竹本不是沒有認眞想過。比起留在日本四處應徵、每天有上不完的班，這份工作確實要好得多。

竹本立即找林清雪，請她指導教文法的訣竅。會向林清雪拜託的原因，是因爲被她處事認眞誠懇的態度所吸引，而且教書的時候所散發出的熱情與自信讓人印象十分深刻。

「突然說想教文法，是有什麼原因嗎？」

「我考慮過了，我是眞心想當日語老師。」

就這麼短短兩句對話，林清雪感受到竹本那股堅定的意志。第二天，林清雪提了一個大紙袋交給竹本，裡面塞滿了各種文法教科書、參考書，書中全是長長短短的紅色劃記，旁邊用手寫著密密麻麻的註腳。

「這二本我覺得最容易瞭解，算是文法入門書籍。還有這本，可以當作補充資料。另外有一點很重要，要教文法的話，你得學習中文才行。」

竹本也曾認眞考慮過這件事。雖然來到台北這段期間，學了幾個勉強能應付日常生活的詞句，但坦白講，中國話壓根兒不懂。這樣子又如何能向學生講解文法呢？

於是竹本四處打聽專教外國人學中文的語言中心，馬上報名初級班。

除了上語言中心課程之外，另有一件令竹本心懷感激的事。林清雪撥出課餘的私人時間，每週一次教導竹本有關日文的文法教學。她推薦二本教科書，若竹本有不懂的地方可以盡量提問。這對竹本幫助很大，也因此大大地提高了日語教學的興趣。

這樣持續了半年，竹本依舊努力學習日文文法。剛開始的時候，對於身爲日本人，講了二十多年的日文，卻對日文文法一點也不瞭解，連自己都相當驚訝。日積月累努力的成果，竹本漸漸能夠掌握文法重點，並且可以順暢地使用中文，解答各種文法上的疑問。

當那二本文法入門書差不多讀完的時候，竹本將那一袋書本送還給林清雪。

「我不知道該怎麼感謝妳。光靠我自己一個人，是絕對學不起來的。」

「千萬別這麼說。我覺得你有當日文老師的天分。」

「我有天分？」

「是呀。你來班上試教的那天，記得嗎？那是我第一次看到學生們課堂上開心的笑容，好像學習是一件令人快樂的事。這全是你的功勞呀。」

談到試教那天的情景，竹本印象已經很模糊。接著，林清雪問了一句：

「你聽說過『原石的光輝』嗎？」

林清雪解釋，傳說從原石的外表，可以看出內部鑽石所透出的光芒。竹本聽到這句話，感覺好像是在指自己，心中歡喜不已。

竹本在紙上寫著「原石的光輝」，慎重地貼在自己房間的牆壁上。或許是心理作用吧，竹本目不轉睛、凝視著這五個字，感覺好像眞的能看見光芒在閃耀。

我一定要努力成爲日文補教界閃亮的一顆星。

竹本對自己如此要求，每天鑽研日文的教學方法。

這一天終於到了。班主任對竹本說：「下個月開始，請你來教文法班吧。」乍聽之下，竹本難以置信，再三確定之後，喜不自勝，隨即答應班主任：「我願意試試看。」

但過了二天，一件料想不到的事情發生了。

那天，如同往常一般，竹本上完課後，走在回家的路上。這時，一位剛從補習班出來、一副學生模樣的女子從後方叫住竹本。

「老師，可不可以耽誤您一點時間？」

由於不是竹本班上的學生，一開始還弄不清楚對方是誰，只覺得有點眼熟。沒記錯的話，好像是上個星期來班上旁聽的學生。

無論是男是女、年紀是大是小，只要學生有事想找人商量的話，竹本一概不會拒絕。這是竹本當老師的基本原則。於是，竹本答應了對方的要求。

到了附近的咖啡店，已有一位年約四十、身著西裝的男士坐在裡面等待著。那人一見竹本到來，立刻起身上前遞上名片，原來他是台北外語補習班主任洪正民。

「聽說竹本老師您很受學生歡迎，是個相當棒的日文老師。我有個不情之請，想請您來我們補習班任教。不知您意下如何？」

洪正民所提的事，竹本連想都沒想過。原來是別家補習班來挖角。

「請問，是從哪裡打聽到我的事？」

「老實說，她是我們的員工，專門蒐集這方面的情報。」

竹本瞧了瞧坐在洪正民旁邊的女子，還是沒弄清楚事情的狀況。

接下來洪正民提出相當有吸引力的條件：時薪比富士日語多出五成、就連下午的冷門時段也以教學方案的名義，請竹本參與研究。概略地計算一下，比起現在，一個月將近有二倍的收入。

「能不能讓我回去考慮一下？」

雖然嘴上這麼說，優渥的待遇確實讓人心動。條件好到沒有什麼可挑剔的，只是……

面對讚美自己、抽空教導自己文法的林清雪、面對給自己教文法機會的班主任、甚至是面對著因爲自己的教學而喜歡日文、拚命用功的學生們，該如何向他們解釋？把那些對我有恩的人，像脫去外套一樣地捨棄，我做不到……

突然降臨的機會在竹本的腦中反覆思量著。還是找林清雪商量看看好了。她是個値得信賴的人，照著她的建議做，應該不會有錯。

竹本約林清雪在補習班附近的咖啡店。畢竟怕引起不必要的聯想，竹本把整件事的來龍去脈完完整整地說明一遍。

「該不該接受呢？我始終拿不定主意。如果是林老師妳的話，會怎麼選擇？」

「這種情況我從沒遇過，所以你問我該怎麼做，我也不知如何回答。不過，我不懂的是，這明明是件好事，你反而苦惱半天。不早點決定的話，大好的機會就這麼白白溜走，不是很可惜嗎？」

「可是眞的答應接受這份工作的話，不就是辜負大家嗎？」

「怎麼說？」

「像是林老師妳、班主任，還有學生們，大家都在富士日語一起努力，只有我一個人落跑……」

「怎麼會這麼想呢？」

竹本對林清雪的回答頗爲意外。竹本以爲，把挖角的事告訴林清雪，一定會被瞧不起，是個只想到自己、忘恩負義、自私的傢伙。

結果卻不是這樣。反倒是林清雪勸他好好把握機會，往更好的環境發展。也許在竹本的心底，正期盼著事情能如此發展，所以聽了林清雪的看法以後，心中一塊沉重的大石頭終於落了地，整個人輕鬆起來。

但不知怎麼地，應該是開懷的心卻透著空虛，好像胸膛出現個破洞，冷風不斷地灌進來。以後……以後……就看不到林清雪了。

說呀，說妳反對我走。

竹本在心中一次又一次默禱著。

「我去新的補習班上課，」竹本有一點感傷。「就不太能夠常來富士走動了。」

話才說完，竹本突然發覺，自己竟是個如此耍心機的人。明明那麼在意她，爲什麼不敢開口表白？

「離開富士的人不只竹本老師一個，」林清雪接著說：「年底的時候我也會走。」

一時之間，弄不清她話裡的意思。

「我年底就要結婚了。明年開始，就會到高雄工作。」

出乎竹本意料之外。在驚訝和懊惱之間，竹本張口結舌，什麼話也說不出。好不容易勉強擠出「恭喜妳」這句平淡又無味的話。

這時候，竹本下定決心，接受台北外語補習班的聘請。

※

竹本到台北外語補習班任教，轉眼已過了十年。

教了十年，日文教學對竹本來說駕輕就熟。不管是在文法、在會話的教學上，一眼便能看出學生的問題所在，就像醫生爲病患治療一般，能夠給予正確的指導。於是，在補習班裡，竹本已是數一數二的王牌教師。

還不僅如此。編寫教材、主持廣播教學節目等等，工作越兼越多。還有不少大學慕名而來，主動邀請竹本擔任講師，但因受限必須具有碩士以上的學歷而作罷。話說回來，整天忙到連睡覺的時間都沒有，哪有空閒和精力念研究所呢？

這十年來，竹本靠自己的努力，一路打拚才有今日的成就，完全是爲了實踐當初立志成爲補教界名師的夢想，自己也對自己的表現相當滿意。「現在的我，在別人眼中，一定是無比耀眼的。」當心中出現這種想法的時候，忽然瞥見房間牆上的那行字。

「原石的光輝」

那是早在十年前、剛來台北的時候，從林清雪那兒聽到的一句話，於是寫下來勉勵自己。之後不論搬到哪裡，唯有這件東西仍然慎重地貼在牆上。

已經變得這麼黯淡了呀。

白底的紙隨著漫長歲月逝去，已漸漸泛黃。竹本正想動手將它從牆上撕下。不，還是留著吧。也說不出個理由，說不出非撕不可的理由。

那天，竹本心裡發急。課堂結束後趕到廣播電台錄音，只剩四十分鐘。坐車的時間至少二十分鐘，連塞車都算在內得要半個小時。

怎麼會忙成這樣?最近好好地想了一下。開通宵夜車趕著編寫教材，外加廣播節目的劇本，一天也只睡兩個小時。不對，有好幾天沒有嘗到枕頭和床舖的滋味了。

「今天的課上到這裡。」

竹本把課本闔上，想盡快離開教室。快來不及了。

但這時候，「老師，」一位女學生的聲音。大腦很清楚這個時候千萬別回頭，可身體偏偏不聽使喚，像反射動作般地立即轉過身來。班上最用功的女學生站在那兒。

「老師，這封信，可不可以幫我修改?」

「下次好不好?」竹本心裡嘀咕著，但是「不對學生說『不』」是自己一貫的教學原則，拒絕的話語實在說不出口。於是向女學生說「拿給我看看」。

竹本把信接過來。是日文商業書信，學生自己寫的。聽她說明天一早就得e-mail給公司客戶。

再詳細看看信的內容。根本不能用。如果是商業文書，文法和用語都必須調整。可是，修改也得花時間。眼角瞄了瞄手錶的指針，已過了五分鐘。

「嗯……內容得好好修改一下。不過，我得趕去廣播電台錄音，現在修改恐怕有困難……」

聽了這話，學生面有愁容，但並未完全放棄，無論如何還是想請竹本幫忙。

「老師，拜託拜託啦。」

時間隨著手錶上滴滴答答的秒針，絲毫沒有暫停腳步的意思。再不走就眞的來不及了。竹本滿懷抱歉：「眞的很不好意思，沒辦法幫妳。我得走了。」「……這樣呀……好吧。」學生難掩一臉失望的表情。實在是顧不了這麼許多。竹本急急忙忙衝出教室。

搭上計程車，直奔廣播電台。離錄音開始的時間還有三十分鐘，應該能趕上吧。坐在車子後座打算小憩片刻，緊張的情緒終能獲得放鬆的機會，深深地吐一口氣，頭慢慢地往後靠。

剛才那位同學的表情……

說不上來……，像是在絕望的激流中緊攀住浮木般，那種渴望獲救的表情，清清楚楚地印在竹本的腦中，怎麼也揮不去。

是的，那表情，在哪裡看過……

是學生發問，而我沒有好好講解的時候……。可是，那畢竟是無可奈何的事，學生的問題常常不是用基本的文法可以說明的。自己也注意到了，最近在課堂上也常以「這是日本人的習慣說法」來省去文法講解。但這也是事實。

就當思緒陷入離開教室前的畫面時，車子已停在電台門口。還有五分鐘，比預估的時間早到。

竹本進入大門，經過服務台，走向錄音室。就在此時，竹本忽然感到眼前一片漆黑，無力感流遍全身，兩腿一軟、雙膝一跪，整個人癱倒在地。好不容易恢復了意識，想努力站起，但身體搖晃不穩，雙腳仍是無力支撐。電台的人趕緊將竹本送往醫院。

寬敞的急診室裡放了八張床位，其中有幾床的病人似乎正在休息，布簾是圍著的。竹本一動也不動臥在床上，閉目養神，等待精神慢慢地恢復過來。

「看起來有點起色，感覺好多了嗎？」護士一邊準備著點滴，一邊與竹本閒聊。

「到底發生了什麼事？」

「你累倒了，休息休息就會好。」護士調整好點滴的位置，拉上簾子便去忙其他的事。

原來是太累了呀。

最近這陣子幾乎是犧牲睡眠，全心投入工作。說不定已經達到身體負荷的極限。現在就好好休息，有什麼事，等醒來再說吧。竹本閉上眼睛，放鬆全身，一步步走進夢鄉。

竹本睜開眼，費力地想從床上坐起。手上的管子還未拔除，扯動了點滴激烈地搖晃。竹本嚇了一跳，點滴中的液體是黑色的。

「你醒啦。」

竹本從模糊的視線中看見，一位像是醫生的男子站在身旁。

「爲什麼點滴是這種顏色？」

「這不是點滴，而是從你身體裡所抽出的壞血。」

竹本想仔細看清楚醫生的臉，發現醫生的脖子上竟然沒有頭。

一陣冷顫沿著脊椎往上竄。太恐怖了。全身冷汗直冒、心臟怦怦怦地猛力跳動，胸口快要炸開似的。

「我怎麼了？是什麼病嗎？」

「不是什麼大病，請放心。我們檢查的結果，你得到的是一種被稱為『教師病』的常見病症。這不是難治的病，你的身體正逐漸好轉。」

「『教師病』？那是什麼樣的病？」

「這是長期教書下來所得到的一種病症，不是什麼特殊的病。來，請你先看看這個。看到了什麼嗎？」

醫生拿了一張學生臉部特寫的照片。竹本接了過來，照著醫生的指示，盯著照片想從中發現什麼。結果，那張臉慢慢地轉變成困惑的複雜表情。

「如果看到學生的表情是快樂的，那恭喜你；」醫生繼續說：「但恐怕現在的你，是看不出來的吧？」

無頭醫生一面說，一面在像是病歷表的文件上飛快地寫著。

「這是處方箋。你要回想起以前、被你教導的學生臉上顯露出發自內心的快樂表情。還有一件事：要隨時秉持著你當初立志教書的初衷。要把『教出狀元學生』當成教學的目標。就算本身不是樣樣出眾的名師，一樣可以教出表現優異的高徒。」

醫生的聲音逐漸遠離，竹本又一次失去了意識。

「醒來了嗎？」身穿白色診療服的醫生站在病床旁，他的頭好端端地在脖子上。

隔週，又有新開課的班級。學生有十人，全部是初學者。從基本發音「五十音」開始學起。

帶著些許緊張的空氣在教室中流動著。這是一定的。從今開始，這些學生要展開他們漫長的學習旅程。以前遇到這種情況，竹本總是以一貫的親切語調，配合有趣的教學方式，在不知不覺中化解了學生緊張的情緒。可是，今天的情況好像不太一樣，竹本和學生們一起品嘗那緊張的氣氛。

讓我再一次回到開始吧。回到那剛來台北的時候。即使自己不是狀元老師也無妨，但我有信心，一定要教出一流的狀元學生。環視教室中每一位學生的臉，竹本暗自下定決心。

忽然間，竹本的內心產生明顯的變化。再看看講台下這群學生可愛的面容，似乎看出他們的未來蘊藏著無限的可能。或許這正是隱藏在原石內的鑽石掩不住的光輝。

十年了。沒想到自己就這麼錯了十年。當時林清雪所說的「原石的光輝」

的含意、眞正的含意，竹本終於瞭解了。

從那一刻起，竹本爲了發掘學生潛在的原石光輝而不斷努力著。雖然有時那光芒太過微弱而無法察覺，即使如此，竹本仍然堅信，原石的光輝確確實實存在著。

有一天，竹本在學生中發現其中一位散發出耀眼的光芒。那位學生名叫劉如芳，在日商電機公司服務，是位二十五歲左右的女性。不論課堂上用日文說些什麼，劉如芳都能完全理解。竹本感到相當訝異。

「妳怎麼會聽得懂呢？有好多字妳都沒學過。」

「老師，其實這些字您以前都有教。」

也許是某天在課堂上偶然提起的吧。至於是在什麼機會下教的呢？竹本自己一點印象也沒有。

甚至還發生過這種事。

「這個字我確定沒有教過。妳是怎麼知道的？」

「不曉得。從句子前後的意思猜出來的。」

從以前到現在，竹本以爲自己對學生的實力程度瞭解相當透澈，從沒意識到這只是自以爲是的武斷想法。劉如芳的表現超出竹本對她的瞭解。

爲什麼她能夠進步這麼多？是因爲她認眞學習的緣故嗎？不，光是認眞還不足以解釋一切。

在一次與學生聚餐的機會，竹本向坐在鄰座的劉如芳問起這個困惑已久的問題。

「劉同學，妳日文進步很多，很令人驚訝呢。」

「沒有啦！其實……」

「其實什麼？」

「剛開始來補習班上課的時候，是因爲進了日商公司工作，而得去學日文。本來是爲了工作而被動去學習，可是學著學著，漸漸地學出興趣，自己也覺得自己進步許多。老師，謝謝您。」說完，劉如芳對竹本深深地一鞠躬。

這時竹本從劉如芳的臉上看到眞正的喜悅。不知怎麼地，自然而然從口中說出連自己想都沒想過的話。

「我才要感謝妳。眞的。」

這一刻，從未有過的喜悅充滿了竹本的心中。

有一天，劉如芳有事找竹本。並不是學習方面的事情，而是有關於劉如芳的日本同事。

「上個禮拜我在同事面前第一次講日文。之前老師對我說出『謝謝』的話，讓我覺得應該要更加努力才行。」

「找機會練習是件好事。同事的反應怎麼樣呢？」

「對方是和我同部門的日本人。他聽到後嚇了一跳，從沒有想到我會說日文。我今天找您，就是想和您談談這位同事的事。我已經跟他講好，要把老師介紹給他認識。」

「是這樣呀。可是，爲什麼要把我介紹給他呢？」

「是這樣的。這位同事姓妹尾，今年從台灣的大學畢業，進入我們公司。才短短四個月的時間，整個人都變了。看到他失去活力的樣子，讓人好同情。所以我想，老師您也是日本人，讓他和您談談，多多少少有點幫助。」

雖然竹本對於能不能奏效有點懷疑，但還是接受這個建議。自己也是一路受人幫助才有今天，如果能夠伸出手去幫助別人，不也是好事一樁？

又是幾個禮拜過去了。原本預定週末舉辦的教師研習會，因爲其中一位老師有急事而在前一天臨時取消。難得的空檔時間，竹本請劉如芳聯絡妹尾。

「不知下次何時才能抽空，麻煩妳問問看妳那位同事明天週六可以出來嗎？」

「知道了，我再打電話問問。可是我明天有事，沒辦法過去。」

直到第二天中午，竹本還沒有等到劉如芳的電話。或許是臨時提出邀約，時間上較難配合的緣故吧。正打算作罷的時候，電話聲響。劉如芳說已經和妹尾約好了。

竹本早早到達約定的地點，尋找著可能是妹尾的人。有人坐在沙發上聊天、有人等待電梯準備回客房休息、也有人第一次見面正互相交換名片……星期六的這個時間，大廳裡人來人往，十分雜亂。

這時手機響起。

「我是劉如芳的同事。我姓妹尾。請問是竹本先生嗎？」

「我是。你現在在哪兒？」

「嗯……我在大門進來左手邊的櫃檯……」

往櫃檯的方向望去，有位穿著咖啡色休閒外套的年輕男子，正講著手機東張西望。

一定是他。竹本站起來，一面揮手，朝著妹尾走去。

隨後，來到一家日本料理店。「歡迎光臨。」從吧檯後方傳出廚師的招呼聲。是日本人。那聲音和語調一聽便知。

店裡生意很好，只剩下靠門口的位子是空的。就座之後，女服務生很快地過來打點。「いらっしゃいませ（irassyaimase）。您要點什麼嗎？」她是台灣人。「ら（ra）」後面的促音發得不正確。

對竹本而言，好久沒吃到日本料理，眞令人懷念。在等待上菜的空檔，二人先將啤酒斟滿，一飲而盡。

接下來呢？該聊什麼？從劉如芳那兒聽說妹尾只有短短的四個月便失去原有活力，讓人好生同情……。總不能一見面就聊這個。

首先竹本先聊聊自己、來台灣的動機、在台灣的生活等種種經驗與經歷。

「坦白說，剛來台灣的時候，從沒想過會留在台灣這麼久。看到學生一天比一天進步，不瞞你說，心裡眞的很高興。也許在別人眼中，這根本不算什麼。但是，當下的那種感動……嗯……該怎麼說……自己有幸能夠從事老師這份工作，實在是太好了……我不會形容。越教越感到欲罷不能。我非常熱愛我的工作。」

竹本在闡述自己工作的同時，雖然是隔著一張桌子的距離，妹尾似乎也能感受到竹本對工作的熱忱，而聽得入神，時而微笑，時而點頭，完全沉浸在竹本的故事中。見到這樣的妹尾，竹本猜想，或許妹尾是因爲太過認眞、容易鑽牛角尖的個性，而害苦自己也說不定。

半打的啤酒瓶已經空了。確實喝得太多了。竹本正如此察覺時，寡言的妹尾突然間開口問道：

「竹本兄，您覺得什麼才是『日本心』？」

「『日本心』啊，」竹本尋思著。「希望是一顆溫柔的心。」

這個問題太突然了，再說連問這個問題的用意都還不清楚。竹本單純地認爲，如果「日本心」是一顆能夠體貼人、體諒人的心，就太好了；而且身爲日本人的自己，也希望能擁有這樣的一顆心。於是便如此回答了。

藉著這個機會，妹尾像是完全卸下心防，把自己的心事毫無保留地盡情傾訴。那模樣像是好不容易從某種束縛下得到解放。竹本聽著聽著，感覺自己有些許微醺。

這時店門口突然發出開門的聲音。轉頭看去，有位年輕小姐站在門口。廚師正和一位像是老顧客的男子坐在靠裡面的座位上喝著酒。

「有沒有賣日本料理？」

竹本猜，那女子應該是日本人。說著漂亮的東京腔。

世界人的夢

一九九九年　春

那痛楚不是現在才有的，更早之前就感覺到了。從第一天上班那天早晨，計程車司機不開車的時候就感覺到了。從聽見美空雲雀的歌開始就感覺到了。只是，無法承認那是事實。不願承認那是事實。

高木浩二先生：

好久不見，別來無恙？

進入公司服務，轉眼已過了八年，終於讓我等到了。派駐的地點是台北。你知道，我一心嚮往海外的生活。如果能去美國就好了，便可以常常找你聚聚聊聊。但像我這種領公司薪水的人，往往身不由己，不是想去哪兒就能去哪兒，隨自己的意思行動。或許在你看來，是件無法理解的事情吧。

老實說，我對台北一點概念也沒有，只知道當地說的是中國話。英語到底行不行得通？有點擔心。

自從學生時代和你一起參加加州的語文學校遊學以後，這是我第一次的國外生活。

想當個行走於國際之間的世界人。那年的我向你吐露深埋在心中的夢想，至今從未改變。經過漫長的等待，終於有機會踏出第一步。

到了台北，生活安頓好之後，再和你聯絡。不要忘了告訴我你的近況。

多多保重。

大村元明

「從四月份開始，公司派你去台北上班。」

初春的陽光，穿過玻璃窗，驅散了會議室裡連續三個月的冬寒。快退休的人事主任向大村元明傳達公司的人事派令。

在國外工作，這可是大村長久以來所期盼的。在青澀的學生時代，對於未來的抱負還茫茫然的時候，心中卻已有明確的志向。總有一天要到國外看看，做個行走於國際的日本人。爲了實現這個願望，大學畢業以後，特意選擇這家公司——也就是橋本商會——應徵工作，正是看中橋本商會的據點遍布世界各地。若能成爲它的員工，想必派駐國外的機會一定不少。

只不過，大村屬意的，只有英語系國家。

那次到洛杉磯遊學的經歷，確定了大村立志當世界人的夢想。芝加哥、華盛頓、倫敦、雪梨，大村幻想著有一天能被公司派駐在這幾個知名的大城市中工作。

但，天不從人願。要去的地方，並不是自己朝思暮想的期盼。

——台北。

除了曉得它是亞洲城市之外，大村對台北一無所知。連和香港有何不同，也完完全全沒有概念。

在公司八年了，願望終於可以實現，心中的喜悅自然不在話下。但在高興的同時，心底湧起另一股複雜的情緒，像隔著糯米紙似地，入口那一剎那，卻感受不到糖霜帶來愉悅的甜蜜。

大村留在國內僅剩的日子，像砂漏裡匆匆墜落的砂，無情地消逝。忙著一一打電話向客戶道別、忙著和親朋好友同事辭行、忙著與繼任的夥伴交接……。在人仰馬翻、筋疲力盡的忙碌中，出發的日子迫在眼前。

在台北找到住所之前，大村暫住在飯店。與住在東京時的小套房相比，飯店的環境確實好得太多，而且通勤的計程車費用由公司支付。這有如高階主管的待遇，對大村來說，與之前在東京工作時每天上下班至少花上一個半小時、擠在通勤電車中動彈不得的情景相比，恍如隔世。

到任第一天，大村在飯店裡用過早餐後，提起嶄新公事包，準備出發。見到飯店大廳人群聚集，便下意識地拉拉身上熨得筆挺的深藍色西裝，再邁出腳步，自覺走路有風。走出飯店門口，隨即搭上排班的計程車。

「到仁愛路圓環。」大村用英語對著有點年紀的司機先生報出目的地，然而車子一動也不動。

大村訝異地望著司機，看樣子他聽不懂英語。司機打開車門，下了車，找了一位飯店服務人員，不知說些什麼。

「請問，您要去哪裡？」服務人員打開後座車門，用日語向大村詢問。

大村把剛才對司機說的話——這次是用日語——再說一次。接著服務人員對司機轉述客人的意思，一陣折騰，司機終於開了車。

看樣子在這裡，英語沒有我想像中普及。

大村望著車窗外的景色。汽車與公車彼此較勁，外加摩托車不甘示弱地在車陣中穿梭呼嘯而過，留下的白色廢氣讓人直想掩鼻。而路上的人們疾行的模樣，卻又顯出這城市的朝氣與活力。

這時，車上的電台廣播突然停了。司機趁著紅燈的空檔，翻出一捲舊舊的錄音帶。熟悉的聲音，是美空雲雀。但音量一下子調得過大，像是美空雲雀扯著嗓門在小小的計程車空間裡嘶吼。

拜託，為什麼一大早我就得忍受這種老掉牙的演歌。

或許這是司機自認為對日本客人的貼心服務吧。雖然能體會司機先生的用心，但那真的是客人想要的嗎？會不會適得其反？

值得紀念的國外工作第一天，竟被美空雲雀來攪局。

大村所服務的橋本商會，是間專營機械買賣的公司，位於有「林蔭大道」美稱的敦化南路上。從日本來的派駐人員加上當地員工，大約三十人左右。

趁著每週一全員出席的朝會上，公司將新進人員正式介紹給大家。

聽完分公司總經理的介紹後，大村堆滿笑容從席間站起來。

「大家早，我是這次派過來的大村元明。」

開場白的內容沒有什麼特殊的，只是單純的打招呼而已，卻讓全場瞬時寂靜無聲。這還是第一次聽見有人在朝會時用英語說話。

面對大家驚奇的反應，大村毫不理會。

「我是兩天前才到這裡的，對台北的一切還不熟悉。不過，我會讓自己盡早進入狀況，不管是工作、還是生活方面。還請各位多多指教。」說完，大村附上開朗的一笑。

短短的幾句招呼，卻帶給全公司大大的震撼。到目前為止，每次新派駐的日本人上台說話，幾乎都是透過翻譯，頂多秀一秀現學現賣的中國話「你好」做為開頭。如此而已。

一回想自己的表現，大村的得意全寫在臉上。公司裡一定沒有人像我一樣，在公開場合用英語說話吧？所以大家才會用訝異的眼神，靜靜地聽我把話說完。嗯，一定是的。或許他們還會覺得我和以往派來的那些人不一樣，是個具有國際感的日本人。

大村滿腦子陶醉在朝會時的那一幕。而早晨在計程車上聽到的美空雲雀老歌，早已拋到九霄雲外。

大村在工作上，全用英文來溝通，對外不論是代理商還是客戶、對內上自同事下至助理，只要對方不是日本人，一律講英語。

面對這樣的大村，幾位曾在美國留學的同事一派輕鬆的模樣，和大村用英語自在交談；反觀其他人，卻為了和大村溝通而感到頭痛，當中也包括那些和大村一起拜訪客戶的代理商們。即便代理商的人能夠以日文應對，大村一樣只以英文回答所有事。代理商這一方被搞得精神衰弱，不得不向大村的上司哀求著，希望這種情形能有所改變。

大村愛講英語，在外人看來，已是接近賣弄的程度。不僅在工作場合上說而已，在餐廳點餐、上街購物等日常生活的一舉一動，全用英語來溝通，甚至逛夜市吃路邊攤也是一樣。雖然常常發生對方不能完全瞭解的情況，但還算勉勉強強可以達到目的，所以大村不打算改變這種生活模式。

日子就這樣繼續過了兩個禮拜。直到有一天，公司裡的前輩津田秀夫約大村晚上一塊兒去喝兩杯。

兩個人簡單地吃了頓飯，便往林森北路上的酒店移動。

服務周到的酒店小姐、震天價響的卡拉OK、瀰漫店內的裊裊煙霧、隨處可聽見的日本話。和日本的酒店一個樣。

小姐熟練地把酒斟上，不多不少剛好七分滿。這時津田隨口問了一句：

「大村，爲什麼你老是用英文說話呢？聽起來怪彆扭的。」

大村愛用英文，在日本人之間也是出了名的。不少人對此議論紛紛。

「用英文講話就不必透過翻譯，這樣可以直接聽到對方的聲音，也更能瞭解對方的意思。」

「這套作法只能用在英語系國家吧。在台灣，一般日常生活是不用英文的。這麼做反而沒有辦法正確傳達意思，不是嗎？」

「話是這麼說沒錯。但我還是覺得這比透過翻譯要好得多。」

「是嗎？那你要不要試試跟這位小姐說英文看看？」津田用眼神指了指坐在大村旁邊、忙著在酒杯裡加冰塊的小姐。

「什麼什麼？什麼事情扯到我這裡？」聽見津田提到自己，不清楚狀況的小姐帶著些許好奇問了一句。

大村不發一語。

「我們這個大村，老愛用英文跟人家講話談生意。我是說，叫他用英文跟妳聊幾句。」

「用英文？他不是日本人嗎？爲什麼要用英文講話呢？」小姐的臉轉向大村，一副無法理解的表情。

剛才才說「用英文更能瞭解對方的意思」的大村，這下子一句話也說不出來。見到大村這副模樣，小姐以「怪人一個。」作結論後，噗哧一聲笑了出來。津田也笑了。

怪人一個。

一針見血。這裡是台北，和日本一樣，英文不是普遍使用的語言。小姐這句「怪人一個」扎扎實實刺在大村的心頭上。那痛楚不是現在才有的，更早之前就感覺到了。從第一天上班那天早晨，計程車司機不開車的時候就感覺到了。從聽見美空雲雀的歌開始就感覺到了。

只是，無法承認那是事實。不願承認那是事實。

還打算自欺欺人、固執地講著英文到什麼時候？

像其他的日本人一樣，必要時透過翻譯、平常時便用簡單的中國話與人交談，會是多麼地輕鬆自在？

像其他的日本人一樣……對，像一般的派駐人員一樣……

爲什麼不是派我去英語系國家？此時再多的抱怨也無濟於事。對於公司的決定，大村這些日子以來所累積的怨懣情緒，再也無法遮掩……

自從那次之後，在公司裡便很少聽見大村用英語說話的聲音。並不是刻意的，是自然而然。在同時，當初決定來到國外工作時雀躍不已的心情，而今猶如冷卻的濃稠咖哩般，凝成一灘難看的漿糊。

這樣的情緒，直接影響大村做事的態度，再也提不起勁兒專注於工作上。難道是下意識厭惡自己遲遲不能面對現實、融入當地生活，而產生的不耐煩在作祟？

爲什麼只有自己不能把夢想與現實切割？爲什麼就不能像其他派駐來台的外國人一樣，麻木地拖過三年的派駐期後，拂拂衣袖揮手說再見呢？

大村怎麼也做不到。

一天，如同往常一般，下班跟著幾個同事到酒店放鬆一下。津田說：

「今天不好意思，我得先走一步。明天早上我有課。」
「咦？上什麼課？」
「中國話一對一教學的課程。從這個月開始。」
據津田說，向公司提出申請，便可以獲得全額補助，在早晨上班前的時間學習中國話，而且是個別指導。
「那個，是不分職位、任何人都可以申請的嗎？」
「是呀，那也算是給派駐人員的福利。還挺實用的呢。」
聽了這消息，大村好似從沉睡中醒來。
學中國話啊……。
從來沒有想過學中國話。大概是因爲「在國外就是用英文」的狹隘印象太過於強烈的關係吧？
或許……我可以……把中國話學起來也說不定。這個突如其來的念頭在心裡點燃，轉化成爲一股動力。
第二天一早，大村便到總務室詢問有關中國話教學課程的事。
「大村先生想上課，應該找個英文很棒的老師來教。您說好不好？」日語很流利的總務小姐故意拿大村尋開心。

「這麼說，是什麼意思啊？」

「我是說，要請老師用哪一種語言來教。其他的人都是找會講日語的老師，可是大村先生您好像比較喜歡講英文……」

「用英文來教我中國話，是嗎？」

「對呀，是這個意思。」

「真的嗎？太棒了！」大村的眼睛閃閃發亮。當下便決定提出申請。

上午七點二十分。自從來到台北，第一次這麼早進公司。辦公室空無一人，靜悄悄的。看樣子今天只有大村一個人要上課。大村獨自坐在入口服務台旁，等候老師出現。

不一會兒，一位身材瘦高的女子進來了。看起來大約三十歲左右，和大村相仿。夾克與牛仔褲的隨興穿著，在大村的眼裡，與橋本商會辦公室這樣的場地似乎不太搭調。那女子倒是顯得不在意的模樣。

「您早。請問是大村先生嗎？」甜美的英文，漂亮的捲舌音。

「我是。您就是老師吧？」大村回答著。連日來的煩惱瞬間煙消雲散，整個人輕鬆起來。

老師名叫王蓓琪。聽說是在美國讀完大學後，留在學校裡工作，直到一個月前被父母叫回台灣。由於回來並沒有特別想從事哪一種行業，禁不住朋友一再慫恿，才挑了一個口碑不錯的求職網站登記中國話家教。這次的工作便是這樣得來的。

剛開始的那幾堂，根本不能稱之爲「上課」。課堂上從頭到尾幾乎都是用英語天南地北閒聊。首先是自我介紹，接著再聊有關在美國的生活、台北城市的種種。一個毫無教學經驗的老師，加上一個超哈英文的學生，會是這樣的結果，應該是必然的吧。

此後，每個星期二及星期五的中文會話課成爲一週當中最重要的事情，大村滿心期待著。除非有特殊狀況，否則上課的前一天總是早早回家用功，爲第二天的課程預作準備。

「ㄅ、ㄆ、ㄇ、ㄈ……」大村張大嘴巴，對著鏡子矯正自己的口形，慢慢地練習發音。想必如此怪模怪樣，一定很可笑。但大村不在意別人的異樣眼光，一心只想快快學會。幸虧有不錯的英語基礎，捲舌音的部分還算不難，而且連一般日本人都難以區分的「ㄢ」和「ㄤ」也難不倒大村。

發音的課程上了一個月，大致上算是學會了。接下來學的是簡易的句型。

選了一本中國話的基本教材，老師念一遍，學生跟一遍，至於句意則用英語解釋。教學方法就是這麼簡單，或者應該說是毫無教法可言，更遑論有文法的說明了。可能是蓓琪對這方面也不懂吧。儘管如此，大村也沒有表示任何不滿，於是這種上課方式便持續下去。大村的學習能力有如久旱的荒漠乍逢甘霖，搶著吸取大量的水分，竟也學會了許許多多常用與不常用的句型。

幾個月過去了，大村的中國話越練越好，別人說中國話大致能夠理解，而自己也漸漸可用中國話與人對談。於是大村試著不靠翻譯，說著結結巴巴的中文，和大客戶——中華電力公司的人員努力溝通。

許久未嘗的成就感充滿大村的心中。不知何時，曾經懷抱成爲世界人的夢想又再度燃起。

某天課堂中，蓓琪突然說了一句：

「大村，你的中國話越說越好。」

「是因爲老師教得好哇！」

「你亂講！」

「妳知道就好。」

大村出乎意料的回答，蓓琪愣了一秒鐘，看了大村一眼，不知怎地，二人不約而同笑出聲來。這下一發不可收拾，你看著我，我看著你，滿房間的笑聲停不下來。到底是什麼這麼好笑？只見蓓琪彎著腰，眼淚都笑出來了。

在此之前，二人只是單純的老師與學生的關係。但經過這一次，彼此的距離倏地拉近不少。大村此時開始感受到人與人之間友情的溫暖。

大村提出請求，希望能每週增加一堂課，在下班後學習中國話。蓓琪也同意。但是依公司的規定，補助個人的課程一星期至多兩堂，所以這「夜間部」課程大村得自掏腰包了。

晚上的課是以自由交談的方式進行。由於沒有使用教材，不明所以的人還以爲是邊吃飯邊閒聊。談話的內容像是在台北生活上的小事、最近熱門的新聞話題、工作上遇到的趣事……等等，以輕鬆活潑的話題引導練習。

有時也會談及大村私人的事情。

「大村怎麼會進入這間公司的？」

「因爲當初想到國外工作。」

「那，直接進外商公司，不是比較好？」

「我是不會去外商公司的。因爲我是日本人呀。」

「爲什麼？日本人在外商公司工作的，大有人在。」

「這倒也是……」

大村本想說「因爲日本的公司最好」，卻又嚥了回去。那畢竟只有同樣流著日本血液的人才能領會的啊。

但回頭仔細想想，蓓琪所講的話也不無道理。日本的公司眞的是最好的嗎？從未認眞想過的小小疑問，在大村的腦中不停打轉。

※

津田回國的日子已經決定了，聽說是調回東京總公司。津田本人對於可以住在家裡每天通車上班，感到十分高興。

「大村，你也快回國囉。」大村被津田這麼一說，卻沒有一絲絲興奮的感覺。

想想來到台北，也已經兩年過去了。若依照橋本商會的慣例，大村派駐在台北頂多再一、兩年，便會調回日本。

這二年來，對於自己希望成爲「世界人」的夢想，實現了多少？多虧有蓓琪的教導，才能把原是一竅不通的中國話，學成如今足以應付生活上所需的程度。除此之外，自己還做了些什麼？和代理商一同拜訪客戶、日復一日的應酬……

如果，就這麼回國的話……。一想到這兒，大村心中不免有壯志未酬的遺憾。

那麼，該如何是好？

剛好這個時候，蓓琪表示從下個月開始無法繼續任課。事前一點徵兆也沒有。由於是在兩人常去的小酒吧裡提起的，大村懷疑蓓琪是不是雞尾酒喝太多的關係。

「我覺得你的中國話已經相當好了。」

「會話方面還可以，但是我想再多學一些。」

「你想學古典文學？」

「也可以呀！」

「這我可教不來。」

聽蓓琪的口氣，似乎已打定主意不再繼續教，而且從她的話語中隱約感受到態度驟然轉爲冷淡。怎麼了嗎？會不會只是錯覺？大村有些心慌，但還是不露聲色地接著說：「以後還是想麻煩老師您……」

這麼說的含意是……？只是單純地想請蓓琪繼續教導，還是說……

事隔多日，這句話始終在大村的腦中不斷回憶起。而蓓琪的離去更是左右了大村的心情，做任何事都提不起勁。

這時大村才發現，原來在自己的內心深處，蓓琪佔了一個極重要的位置。或許這兩年來的課對大村而言，所具有的意義遠遠勝於大村所想像。

大村這才眞正瞭解自己的心，已悄悄愛上蓓琪。

可是，該向她告白嗎？

顧慮到自己這一、兩年內便會調回日本，與其到那時承受別離的苦痛，或許維持現狀對兩人都好。還是……該當面向她求婚，兩人一同回日本生活？

大村陷入兩難。如果是選擇後者……竟提不起勇氣。不是對蓓琪不滿，而是因爲……是因爲……

是因爲蓓琪是外國人的緣故？一想到要和外國人結婚，一股莫名的不安充滿內心。

大村心中的波瀾與日俱增。被強烈的壓迫感壓得幾乎喘不過氣來，心臟簡直快要炸開。

這難忍的痛苦該如何化解？

大村心裡明白，解藥就在蓓琪身上。

迫不及待想見她一面，但卻遲遲無法下定決心付諸行動。不是不能，而是不敢。像是在顧忌什麼會突然出現，而拚命抗拒。

如此硬撐了一個禮拜，大村終於筋疲力盡，像一條上鉤的大魚死命抵抗後，不得不乖乖地放棄掙扎。

拿起了電話筒，按下熟悉的號碼。

「有話想跟妳說，出來見個面好嗎？」

「電話裡談，不行嗎？」

「用電話談，不方便。」

「會嗎？我覺得在電話裡講就可以了。」

從她的回答中感受到，似乎是不打算見面。看這情形，如果不說的話，這一個禮拜的內心交戰便是白費工了。再者，以後還會過著更艱苦的日子。大村想明白了。

「那麼，聽我說。我想……請妳嫁給我。」

沒想到這句話說出來竟是如此順暢，連大村自己都很驚訝。但更令人訝異的是蓓琪的回答。

「你是認眞的嗎？」

對於不抱任何期待的大村，這句回答不啻爲一劑強心針，畢竟對方沒有拒絕。大村堅定地說：

「嗯，我是認眞的。」

「我答應你。」聽見蓓琪嬌羞的聲音。

二人便這樣互許終身。掛上電話，大村突然有種感覺，或許從以前到現在，蓓琪等待的，就是這通電話。

一切令人無法置信，但卻又如此眞實。

大村打電話向在日本的雙親報告此事。

「爸，我決定要結婚了。」

「太好了。你也到了該娶媳婦的年紀。」

「可是，有件事情必須先告訴您。」

「什麼事啊？」

父親的語調有些微的變化，似乎是提高警戒，等著大村開口。

「沒什麼啦。其實，對方不是日本人。」

輪到大村等著父親的反應。父親眞的會贊成這件婚事嗎？

「然後呢？」

「對方不是日本人。」

「我聽到了。然後呢？」

大村如釋重負，整個心情輕鬆起來。老猜想著父母會不會因爲對方不是日本人而反對，這不是自尋煩惱的大傻瓜嗎？

隔週的週六下午，大村愼重地把深藍色西裝拿出來——那是大村最喜歡的一套衣服，以及高級日式甜點禮盒，準備拜訪蓓琪的父母。

蓓琪的家位於政治大學附近。大村深呼吸一口氣，試圖穩定緊張的情緒，然後才按下門鈴。很快有人出來開門，屋裡出現蓓琪迎接的身影。

「快進來。」

蓓琪帶著大村進入客廳，眼前的人讓大村嚇了一跳。

「坐呀坐呀。」說這句話的人的面孔再熟悉不過了，是橋本商會的大客戶——中華電力公司的王永隆處長。

「王處長，怎麼會是您？」

「我爸爸對大村的事，可以說是瞭如指掌。」

「是呀，工作上常接觸的關係……」

整個下午，交談的氣氛十分融洽，尤其是王永隆，露出在工作場合中難得一見的笑容。這笑容似乎也意味著女方家人相當同意這門親事。

大村與蓓琪婚後一年半，有了愛的結晶。最高興的莫過於當外公的王永隆了。雖然是外孫，但可以算是第一個孫子，寶貝得不得了。

一日，王永隆對大村說：「走，我帶你去一家日本料理店，是台灣第一讚，一吃便上癮。」

那是一家位於林森北路、叫做「獨樂」的店。進入店內，兩人選擇在吧檯座位坐了下來。王永隆似乎和吧檯內忙碌的老闆認識，互相打了招呼。

不多久，一壺日本酒與生魚片、醋漬章魚等好菜端上來。

「來來來，先乾一杯。慶祝你當爸爸。」王永隆相當高興，舉起斟滿酒的杯子。

「謝謝爸。」

大村一口氣把酒全乾，只覺得胃部有些熱熱的。接著嘗了一口醋漬章魚，滿足的笑容溢於言表。甜度與酸度搭配得恰到好處。

「太棒了！」

聽見這句話，坐在旁邊的岳父大人也滿意地點點頭。

兩人互乾了幾杯。王永隆認爲時機適當，對大村說：

「有些事或許現在才當講。我想都沒想到會把女兒嫁給你。」

「我也一樣，沒想到會成爲您的女婿。」

「坦白講，當時聽見女兒說要當橋本商會裡的大村中文家教，心裡嚇了一跳。不過，更驚訝的是，我女兒好像對你有意思。我擔心她對你太過迷戀。確實是有日本人在台灣看上不錯的女孩子，抱著玩玩的心態欺騙人家的感情，反正兩、三年後就回國。這種事我見多了。」

「爸說這些，聽起來挺刺耳的。」

「我不是在說你。不過，當時我跟女兒說，如果對方不是認眞的，到時候可憐的人是妳。」

大村腦中突然回憶起電話中求婚時的情況。印象中蓓琪問了一句「你是認眞的嗎？」大村這時才明瞭蓓琪的用意。

「爸爸，請您不要擔心，我一定會盡我的全力好好照顧她們母子。」

「那就拜託你了。」

兩人又舉杯互乾。大村趕忙把岳父大人的酒杯斟上。

這時，在吧檯內忙碌的廚師老闆抬起頭，用不甚流利的中國話向王永隆問道：「請問，這位是您的公子嗎？」王永隆仰頭將剛斟上的酒一飲而盡，得意地回答：「不是，他是我女婿，是日本人。」

這對翁婿一直聊到餐廳準備休息。日本料理點了一道又一道，實在是好吃得沒話說。

之後大村常常過來「獨樂」。有時是和公司同事，有時是夫妻倆一同前來。一開始大村是爲了店裡的美食而來。在台北大大小小的日本料理店中，就數「獨樂」的手藝最爲精湛。但不久後大村過來的目的，從美食移轉到老闆身上。

「獨樂」的老闆是三島道夫，原本是東京帝都飯店的廚師，大約十年前來到台北，現在和台灣老婆一起經營這間店。

說不出什麼原因，大村被三島的個性吸引著。可能是因爲在三島身上看見

「世界人」夢想的實現吧。

每到週五晚上、工作結束後，大村便來到「獨樂」，坐在吧檯的座位，一個人喝著酒，靜靜地享受週末前的悠閒。等店裡忙得差不多的時候，三島也會加入。兩個男人的聚會從店門口的布簾取下後，一直延續到深夜。

一天，公司裡又有一位同事即將調回日本。他比大村晚來到台北，在幾天前便已任滿三年。

他也已經三年了呀。

掐指一算，大村猛然發現來到台北已經超過四年，是辦公室裡的老鳥。

依橋本商會的慣例，派駐人員在派駐地點滿三年，也該是調回國的時候。想當然爾，希望早日回國的人佔大多數。但是，像大村這種已在台北成家的人，在心境上則變得有些複雜。想要回去嗎？想要留下嗎？心情各佔一半。把家人從住慣的環境中遷往遙遠的日本，心裡確實有些不安。

還能在這裡待多久？大村不禁對自己問這個問題。

然而，把大村召回國的人事派令卻一直沒有出現。五、六年過去了，已經成爲台北分公司最資深的派駐人員。

開始有謠言流傳著：大村之所以這麼多年沒被調回去，還不是靠他的老丈人對分公司總經理施壓的緣故。

但，該來的總是要來的。不管自己是否願意。

週五晚上，大村和往常一樣，在「獨樂」快打烊的時候出現。幾杯酒下肚後，大村隨口問問三島：

「在國外打拚的感覺是什麼？」

「什麼感覺……大村先生，您不也一樣嗎？」

也許以三島的角度看，大家一樣都是出外人。不過，大村很清楚，自己與三島並不相同。

「不一樣。我們是被公司派來的，和三島先生不同。就日本國內的人的角度來看，我們都是住在國外；但是，對我們這些派駐人員來說，並沒有靠自己的雙手在國外獨立的感覺。一旦接到公司召回的命令，不管自己是否願意，都必須遵照公司指示立刻回國。」

雖然從嘴裡說出這些，但大村連自己究竟想表達些什麼都理不出頭緒，心中無比紛亂。只是，嚮往的海外工作已過了六年，還是沒能實現「當個行走於國際的世界人」的願望，內心焦急萬分。一定是的。像三島一樣成爲世界人的夢想，從今以後再也不能……

廣告回信
板橋郵局登記證
板橋廣字第83號
免貼郵票

235-62

台北縣中和市中正路800號13樓之3

印刻文學生活雜誌出版有限公司　收

讀者服務部

姓名：＿＿＿＿＿＿＿＿ 性別：□男　□女

郵遞區號：＿＿＿＿＿＿＿＿

地址：＿＿＿＿＿＿＿＿

電話：（日）＿＿＿＿＿＿＿＿（夜）＿＿＿＿＿＿＿＿

傳真：＿＿＿＿＿＿＿＿

e-mail：＿＿＿＿＿＿＿＿

INK

INK PUBLISHING

讀者服務卡

您買的書是：____________________

生日：　　年　　月　　日

學歷：□國中　□高中　□大專　□研究所（含以上）

職業：□軍　□公　□教　□商　□農

□服務業　□自由業　□學生　□家管

□製造業　□銷售員　□資訊業　□大衆傳播

□醫藥業　□交通業　□貿易業　□其他____________

購買的日期：______年______月______日

購書地點：□書店　□書展　□書報攤　□郵購　□直銷　□贈閱　□其他

你從哪裡得知本書：□書店　□報紙　□雜誌　□網路　□親友介紹

□DM傳單　□廣播　□電視　□其他

你對本書的評價：（請填代號　1.非常滿意　2.滿意　3.普通　4.不滿意　5.非常滿意）

內容______封面設計______版面設計______

讀完本書後您覺得：

1.□非常喜歡　2.□喜歡　3.□普通　4.□不喜歡　5.□非常不喜歡

您對於本書建議：

感謝您的惠顧，為了提供更好的服務，請填妥各欄資料，將讀者服務卡直接寄回或傳真本社，我們將隨時提供最新的出版、活動等相關訊息。

讀者服務專線：（02）2228-1626　讀者傳真專線：（02）2228-1598

大村回到家中，已是接近深夜十二點。倒一杯水，一口氣灌下，剛才的微醺全都清醒了。輕聲走進房間，看著寶貝一臉香甜的睡相，大村幸福地笑了。轉身走向書房，回想剛才與三島的談話。

自己到底在期望什麼？

問自己的同時，腦海中浮現出大學時代參加加州語文學校遊學的那段時光。

在那充滿大自然氣息的校園中，大村待了一個月學習英文。一同參加的日本學生約有三十人左右，每天照著主辦單位安排的課表上課下課。

大村與同年紀的高木浩二被安排在同一間宿舍。當時便對英文很有興趣的大村，眉飛色舞地對高木談起希望自己將來能夠用流利的英語在海外工作的夢想。

「我希望畢業之後能夠進入商社工作。因爲很多商社在海外設有分公司，所以在國外工作的機會我想應該也不少。趁年輕把英語學好，對於被挑中派去國外應該有幫助。」

大村不太記得高木的反應，印象中他笑笑地回了一句「商社不等於國外吧」。

一同遊學的兩人，如今各自有不同的發展。畢業後的大村，如願進入商社工作；而高木選擇離開日本，在美國當餐廳洗碗工、飯店行李員、超市警衛……，努力過著獨立打拚的日子。

大村最後一次收到高木的信，已經是十多年前的事了。他在太平洋的彼岸與一位白人結婚，從事社會福利的工作。

十多年來，由於很少聯絡，漸漸地失去了對方的消息。

當調派至台北的人事命令發布後，大村突然想提筆寫信給好久不曾聯絡的高木。不知他現在還住在那兒嗎？會不會早已遷居他處？明知希望不大，但還是決定試試，就算無法寄達到對方也無所謂。在長久的等待之後，終於跨出第一步。

只是，被調派到國外這麼多年，心中的感觸正如高木當初所說的：商社不等於國外。

話是這麼說，但既然是自己所選擇的，如今已無法回頭，更何況自己已不再是單獨的一個人，還有心愛的妻兒。

整夜東想西想，當回神望向窗外時，已是東方魚肚白，伴著陣陣鳥鳴聲。新的一天又將開始。

※

匆匆地，二年的時光又過去了。

「獨樂」裝修後重新開幕，大村和岳父王永隆一同前往道賀。王永隆將「獨樂」推薦給大村之後，反而自己難得有空，久久才去店裡一次。

店內原有的榻榻米換成了桌位，靠巷道的一側是大片的玻璃落地窗。老顧客與新顧客坐滿整個店內，熱鬧滾滾，生意好到忙不過來，就連大村想和三島打個招呼都不容易。

這天，王永隆隨口問了問大村：

「元明吶，也該是你回國的時候了。」

「爸，您怎麼會突然提起這個？」

「事實上，你會留在台北，是我再三拜託你們總經理無論如何一定要幫忙。我呀，明年就要退休了，你們公司應該是不會再像以前一樣，看在我的面子上，繼續幫這個忙才是。」

大村這時才明瞭，在外面的那些傳言是真的。

「原來是爸爸的一番苦心。除了謝謝爸，我不知還能說什麼。」

「不用，你不用謝我。其實，把你們夫妻倆和外孫留在身邊，全是出自於我的私心。」

背後的服務生正大聲地向吧檯內的廚師喊著客人點的菜名。

在大村的心中，那個「總是要來的日子」，從來沒有像現在這般眞實。

夜裡，大村躺在床上，遲遲無法入眠。一闔上眼，岳父大人的聲音便在耳際不停迴響。幾度輾轉反側，仍然毫無睡意，索性到客廳看看電視吧。於是起身打開房門，輕手輕腳離開房間。

不可思議地，原本是客廳所在的地方，竟變成一間小房間。有兩張用鋁管組合成的簡易床鋪，外加兩張木製書桌。有一扇大窗，可以看見窗外一大片的綠色草地。

這不就是遊學時所住的宿舍嗎？大村正感到驚奇，忽然聽見有人說話。

「怎麼了嗎？」

大村轉過頭去，看見高木浩二正坐在靠窗的床沿，穿著淺綠色的T恤，胸前印著「I LOVE USA」幾個大字。

「對了對了，你寄來的信我收到了。本來想早點回信給你的，但總是被事情耽擱。眞是不好意思。」

「高木，眞的是你嗎？」

「是我啊。」

「果然是你。有件事被你說對了，商社確實不等於國外。」

「我有說過這句話嗎？先別談這些。我想聽聽你的夢想，已經實現了嗎？」

「這個嘛……」

這時，一道強光從窗外照射進來，高木的身形在逆光中呈現出全黑的剪影。不多久，那剪影從床沿站起，走向窗邊。

「來，我們走吧！」高木說完，便打開窗戶跳了出去。

原以爲這裡是一樓，不知何時卻離地好幾尺。高木的剪影在空中快樂地飛翔著，還不時回頭對著大村微笑。

大村想追上高木的身影，於是上前立在窗邊。當從窗口探頭往下一望，實在是太高了，不禁倒抽一口氣。

「來呀，快過來呀。」

「等我一下。」

這時突然燈亮了。

「你要上廁所嗎？」

蓓琪站在大村身後，打開電燈，溫柔地問了一聲。眼前正是再熟悉不過的客廳。剛才的那間宿舍早已消失無蹤。

或許眞的是一場夢。從八年前來台北到現在。不，還要更早，從學生時代就開始。沉醉在這個夢境中是多麼地快樂。如果……如果可以的話，希望能一直陶醉在夢中，永遠永遠不要醒……

把英文學好。

當一個商社的派駐人員。

和當地的人隨心所欲地交談。

成爲一個在國際間行走自如的世界人。

但，那些到底又能代表什麼？

黎明即將來臨，不能再沉睡下去了。天亮以後，還有另一個未知的世界在等待著。

大村歷經這奇妙的事件後，爲何會有這樣的感觸？想聽聽三島會怎麼說。

隔週週五，大村計劃早早下班，去「獨樂」找三島。但事有不巧，那天工作特別多，一直加班到超過十點。大村等不及到下週五。儘管第二天是週六不必上班，還是特地出門一趟。到了「獨樂」已是九點多了。

「獨樂」翻新後，這是大村第一次獨自前來。進門後，大村挑了吧檯最裡端的座位坐下來。

「大村先生，眞難得。今天不是星期五，怎麼會過來？」和大村熟識的服務生問候著。

「昨晚加班忙到沒時間過來，今天特別想念你們家的菜。就先來壺酒吧，再來點牛蒡絲，還有……燙菠菜也要一盤。」

服務生飛快地記下大村所點的菜，隨後轉身向吧檯裡的廚師高聲喊著。不一會兒，牛蒡絲、燙菠菜，外加溫好的日本酒，一樣一樣端上了桌。大村拿起酒壺，倒了一杯，就著小菜，一小口一小口喝著。

店裡的客人一桌、兩桌……，陸陸續續離去了，只剩下門口的那兩位男客人。幾個空酒瓶擺在桌上，看樣子喝了不少。

現在已是十點多了，過了營業時間。三島讓服務生先回家，自己走到大村旁邊。

「要不要換到那裡坐？」三島邊說邊從吧檯後方拿出幾道菜，用下巴指了指某張桌子。

桌位確實寬敞多了。三島從冰箱取出一瓶冰啤酒，順手拿出玻璃杯。

「來來來，我敬大村先生一杯。」

「您太客氣了。您自己也忙了一整天。」

「對了，前一陣子見到王先生，身體還是那麼硬朗。」

「托您的福。其實我今天來，是有件事想請教您。」

「您請說。是和王先生有關嗎？」

「嗯。」

大村用含混的語氣回答著。雖然是爲了自己的事來找三島，不過整件事還是得從岳父退休開始說起。順著三島的問話回應，也是沒錯。

正當大村這麼想的時候，店門突然打開，一位年輕小姐急匆匆進門來。

「有沒有賣日本料理？」

大村低頭看看桌上，剛才三島端來的煮蓮藕和關東煮都還沒有動筷。如果她不介意的話。

異國的櫻花

一九八九年　春

櫻花代表日本人。也許在李秋鳳的心中，一直有這樣的印象。
不過，用那種櫻花來比喻自己，三島內心有一種淒涼之感。
說它是櫻花，卻又不是櫻花。

場景是位在東京都中心的帝都飯店。其中「惠比壽」日本料理餐廳內，處處可聽聞顧客交談的歡笑聲。此刻已過了下午兩點半，雖然幾乎不會有客人再點餐，但看眼下的狀況，客人正聊到興頭上，一時半刻還不會離去。

三島道夫脫下廚師帽，打算午休片刻。從現在開始到五點這短短兩個小時的時間裡，廚房中除了幾名廚師和端菜的服務人員留下之外，其他人可以趁此空檔到廚房內的休息室裡歇息。

剛好這時，三島聽見料理長叫著自己的名字。

「道夫！道夫你在哪兒？」年過五十、中氣十足的料理長，正以響遍廚房的大嗓門，不停地叫喚著。

「料理長，我在這兒！」三島回應著。

「你趕快出來！」

「怎麼了嗎？」

「快點快點。董事長在等你。」

「董事長？」

三島一頭霧水，想不出自己與董事長之間有何關連。自從進了這間飯店，還從未與董事長見過面。

同時還有一名男子，也被料理長叫出來。

野崎忠。年紀大約四十，比三島大上九歲。他的廚藝，料理長相當稱許，同事間也看準他會是下任料理長的人選。

爲什麼是我和野崎前輩……

事情的發生，讓三島丈二金剛摸不著頭腦，傻傻地跟著料理長往總經理辦公室的方向走。

寬敞的房間裡，擺著氣派辦公桌和高級沙發。不愧是總經理辦公室。坐在那邊、一派紳士風度的白髮老先生，應該就是董事長吧？旁邊的那位是總經理，再過來的是餐飲部經理。三島所知的大人物全聚在這兒。

「這位是野崎師傅。手藝一流、做事又用心。這個人平時寡言木訥，但深得同事信賴，是個靠手藝、不耍嘴皮、實實在在的好廚師。」

經過料理長這一番介紹，野崎感到難爲情，微微低下頭，神情有些緊張。或許「緊張」二字還不足以形容，三島倒覺得野崎看起來有些膽怯。

「這一位是三島師傅。這個年輕人還不到三十歲，但他的廚藝天分我可以保證。雖然以目前的表現來說，經驗稍有不足，但是前途無可限量，絕對是個數一數二的優秀廚師。」

三島心想，這種介紹台詞簡直是誇張到了極點。但老實說，聽聽心裡也滿爽快的。

「今天麻煩料理長請兩位過來，不瞞各位，是我一位台灣朋友想在台灣開一間飯店，拜託我幫忙介紹手藝精湛的日本料理廚師過去當料理長。你們當中有誰願意的，我可以推薦。」

聽了董事長的話，三島大感意外。

像是在品鑑寶物似地，董事長的眼神不住地在三島與野崎之間上下打量。

忽然間，三島瞄見隔壁的野崎雙手顫抖、面紅耳赤、呼吸急促。

可能是不想去吧？畢竟是個有家室、有小孩的人，要遠離家庭前往什麼保障都沒有的國外，就算是擔任料理長的職務，心裡也是千百個不願意。那是一定的。想到這兒，三島無意間冒出一句話：

「嗯……這件事……可以讓我試試嗎？」

所有的視線全集中在三島身上。時間彷彿暫停。

終於董事長打破寂靜，意味深長地向三島問道：「你自告奮勇說願意去台灣，是有什麼特別的想法嗎？」

「去當料理長不是嗎？這可是擠破頭都還爭不到的職位。」三島一個字、一個字，清清楚楚地回答。

董事長反而注視著野崎的反應。野崎表情僵硬、緊抿雙唇。或許是看到他不自然的神態吧。董事長回過頭來，望著三島，決定：「好吧。那你準備準備，過幾天出發。」

回到廚房。剛才全身如石頭般僵硬的野崎對三島說：「對不起，應該是我去的。」

「你在胡說什麼，我才應該說聲抱歉。這個千載難逢的好機會被我搶了。」

「……」

「再說，我從來沒有想到，在日本料理餐廳工作還有派駐國外的機會。」

三島自以爲說了個很好笑的笑話，卻沒有人捧場。

「在國外不適應的話，就回來吧。只要是我能夠做的，我一定幫你。」

「不，我不會回來。」

三島心意已決。不闖出一番成績，絕不回來。

三島的新工作地點是在台北明日大飯店的「千鶴」日本料理餐廳。店比「惠比壽」來得大，廚房人員有十位、服務生八位，歸三島所管。他們全是台灣人。

這群屬下之中，有好些人自視比三島年長、也比三島資深，常常不服從指示。

但是，眞要讓這些人露兩手，成果卻慘不忍睹：差勁的刀工，把上等的生魚片切得厚薄不一；用厚厚的麵衣將天婦羅團團裹住，完全無法分辨裡面的食材。連日本料理最基本的工夫都談不上，怎麼教也教不會。

「你是『豬』啊！你這種手藝只配去做路邊攤！滾！」

有一天，三島終於按捺不住脾氣破口大罵，也不知別人是否能體會自己求好心切的心情，當下的氣氛變得十分難堪。第二天，果眞有人受不了，遞上辭呈不幹了。

由於三島的嚴格要求，廚房裡的師傅、學徒來來去去。一年以後，班底人員總算固定下來。留下來的人，個個努力工作，也十分聽從三島的指揮。特別是有一位叫「阿宏」的二十出頭年輕小伙子，做事賣力又認眞，相當受到三島賞識，於是被任命爲班長。

在三島的帶領下，「千鶴」以它的好品質贏得好口碑，成為一傳十、十傳百的台北名餐廳。

可惜好景不常。短短的一年後，明日大飯店的董事長突然發生心肌梗塞而離開人世。「千鶴」因此大受影響。

飯店由前董事長的兒子繼承。說好聽點，他是個節儉的奉行者；說難聽點，便是「摳門」。連雞毛蒜皮的小事都捨不得花錢。接下來，照新任董事長的意思，換了新的總經理來管理整間飯店。自此之後，明日大飯店上上下下，打著「節省至上」的口號，要求工作人員全力遵行。

「那個……用便宜一點的材料也沒關係。還有，炸油不必急著換，可以再用久一點。」一天，阿宏一臉為難的表情，用結結巴巴的日文對三島如此說。

「阿宏，你在講什麼鬼話？」

被三島這麼一說，阿宏更為難了，眼珠子滴溜溜地轉，雙手更不知放在哪裡好。

「小鳳，過來一下。問清楚阿宏要講什麼？」

李秋鳳是「千鶴」的女服務生，目前在大學夜間部修日文課程，所以在

「千鶴」的員工裡日文程度最好，常被三島拜託當臨時翻譯。

「小鳳，饒了我吧。是餐飲部經理交代的。」阿宏向小鳳哀求著。

弄清楚事情的原委，三島大發雷霆，帶著小鳳怒氣沖沖直奔餐飲部經理那兒理論。

「經理，材料的品質變差了，不要緊嗎？」

「不會啦。品質差一點點而已，不是差很多。這麼做可以為飯店省下一大筆採購資金。」

「那，餐廳辛辛苦苦建立起來的口碑怎麼辦？」

「放心啦，吃不出來的。我們餐廳的菜已經夠好吃的了。」

「客人一旦跑了，就很難挽回的呀。」

雙方你來我往，結果經理也失去耐性：「這是上面的命令，能怎麼辦？」

「那麼，我想找總經理談，能不能幫我安排一下？」三島要求與總經理面對面溝通。

見到三島如此堅持不肯退讓，經理相當驚訝，只好答應三島的請求。

「料理長，小心被炒魷魚。」小鳳不安地提醒三島。

「我會有分寸的。」

目標是總經理辦公室。三島和李秋鳳二人乘著電梯，到達十五樓時，「叮」的一聲後電梯門開啓。

電梯門外是另一個世界，雙腳第一個感覺到。踩著地上的厚地毯，頓時覺得彈力十足，和戰場似的廚房截然不同。越走越不習慣的二人來到了總經理室。上次來這裡，是剛進這間大飯店工作的時候，算算差不多是兩年前了。

三島敲敲門。隔了幾秒鐘，聽見房內有回應聲，三島推門進入。

房間裡總經理和餐飲部經理正等著三島來到。

「來來來，來這裡坐。」

看見站在門口的三島和李秋鳳，總經理招了招手，示意要他們過來。雖然總經理臉上堆滿笑容，但眼神透露出他已準備好應付的手段。

三島看出總經理皮笑肉不笑、僞裝親切的假面具，心裡有一種「這將是一場硬仗」的預感。

「最近，餐飲部經理老是命令我們選擇次級的材料、延長炸油的使用時間等等。身爲一個專業廚師，我不能苟同這種做法。這不但會降低我們的菜餚的品質，也會砸了我們餐廳的招牌。」三島盡可能就重點分析不當節省支出帶來的後果。

「嗯，我同意你的看法，確實是有可能。畢竟你才是料理長。我始終認為，因為有你的功勞，才有今天的『千鶴』。大家都稱讚你的表現。」

「哪裡，您過獎了。這是大家的功勞。」

這麼容易就解決了？三島大感意外。接下來總經理的話狠狠地敲碎三島的希望。

「三島，我希望你能瞭解我的立場。我在美國念的是市場行銷，回國後也曾在幾家飯店工作過。今天是明日大飯店的董事長找我來當總經理。料理的事我不在行，但經營方面我可是專家。就像料理方面你是專家一樣。」

總歸一句，三島認為總經理的意思是：「管廚房的人本來就不應該插手經營的事。」

最後，總經理以這句「你說的話我會好好考慮考慮」作結尾，從沙發上起身，向三島伸出右手。

一看便知這是在下逐客令。三島只得握手以為回應。還能再說什麼呢？恐怕也是白說吧。這不是在溝通，分明是假藉協議的形式，行下達命令之實。講白了，總經理根本無意接納三島的意見。

走出總經理辦公室，三島滿腹怒火無處發洩，同時有一股強烈的無力感襲擊而來，連說話都感到吃力。

「往好處想，沒有被解雇算是幸運的。」李秋鳳安慰三島。

「不如被解雇還痛快些。」三島還是很氣憤。

「千萬不要這麼說。如果料理長離開的話，我們大家都會難過的。畢竟我們一路跟隨著料理長您一起努力到今天。」

一聽到「我們大家」四個字，三島忍不住內心激動。一想到屬下們將他視爲「師父」敬佩仰慕，一股帶領大家全力以赴的責任感在胸中激盪不已。

「是呀。小鳳，妳說的很對。」說完，三島突然轉變話題：「對了，阿宏那小子，不是有台摩托車嗎？」

「摩托車？」話題變得太快，李秋鳳一臉莫名其妙的表情。

「我們跟阿宏借摩托車去哪兒晃晃。心情好煩哪。」

「我也要去嗎？」

「當然囉。不然我一個人，迷路怎麼辦？」

雖然嘴上這麼說，此時在三島的心中，不斷祈禱著李秋鳳能一起出遊。直到聽見她肯定的答覆，壓在心上的石頭終於落地，露出今天難得的笑容。

三島與李秋鳳忙裡偷閒，向飯店請了一天假，騎著向阿宏借來的一百二十五西西摩托車，油箱及車速錶上都有顯眼的「野狼」標誌。大概是車款的名稱吧。三島將它和自己以前在日本騎的Suzuki Katana 車款相比，確實是土氣了點，但保養得還不錯。

李秋鳳坐在後座。三島催了油門，蓄足能量的引擎聲，聽了讓人暢快。晴朗無雲的天氣，正是出遊的好日子。兩人商量後，決定往陽明山出發。聽李秋鳳說，現正是陽明山櫻花季節。

三島第一次聽說台灣也有櫻花，覺得不可思議。二月的日本，天氣還冷得離不開暖桌，而台灣的櫻花卻已綻放，實在是難以置信。

沿著彎彎曲曲的仰德大道往山上騎去。向山下望，自己居住的城市越來越小，也越來越遠了。風挺大的，也有些冷。後面的李秋鳳說了些什麼，聲音被風吹散了，聽不清楚。

到了山上，二人下了摩托車，向陽明山公園走去。

「你看，你看那邊。」

三島往李秋鳳指的方向望去，盛開著濃艷桃紅色的小花在枝椏中點綴著。

「好漂亮喔。你覺得呢？」

「嗯。不過，這是什麼花？」

「唉呀，眞討厭，明知故問。這是櫻花呀！」

「欸？是櫻花？」

李秋鳳說它是櫻花？三島看著沿路一株株的櫻花樹，說什麼也無法認同。

櫻花的顏色應該是淡雅的粉紅色，而且是成千成萬的花朵在同一個時間齊開怒放。那種美，不是一朵一朵小花孤芳自賞，而是集合無數個體展現群體之力，不留一絲空隙、緊密地結合，同生同死，爆發生命至高至美的境界。這才是櫻花啊！

而眼前的幾株，與日本櫻花相較，太過於強調花朵的個體主張。與三島對櫻花之美的認知完全不同。

正當三島有此感嘆之際，李秋鳳突然開口：

「那些櫻花，好像料理長您。」

「怎麼說？」

「櫻花像料理長，在台灣開得好燦爛。」

櫻花代表日本人。也許在李秋鳳的心中，一直有這樣的印象。

不過，用那種櫻花來比喻自己，三島內心有一種淒涼之感。

說它是櫻花，卻又不是櫻花。

自從三島向總經理投訴被拒之後，餐飲部經理的態度明顯地有一百八十度轉變。雖然嘴上說著「料理長，您才是專家」、「這只是我一個外行人粗淺的意見」等等聽似讚美、謙卑的話語，實則對料理的事開始多方干預。

一開始是生魚片的切法。在台灣，要是生魚片切得不夠厚，客人是會抗議的。除此之外，像是天婦羅的麵衣必須裹得滿滿的、捲壽司裡面要放肉鬆等等。干涉越來越多。

起初三島對於這類意見，反正是些外行人說的外行話，把它當成耳邊風就算了。不料有一天，餐飲部經理帶著一位宣稱是「美食家」的男子過來，請他評判餐廳的菜色。

「眞不愧是『千鶴』的師傅，手藝的確無可挑剔。若眞要在雞蛋裡挑骨頭的話，味噌湯是稍稍過鹹了點。如果裡面放些鮭魚之類的煮成高湯，味道會更爲柔和。您要不要試試？」

聽了那位佯裝美食家口吻的男子自以爲是的批評，三島在心中暗想「這算什麼爛建議」，一股怒氣勉強壓制住。等到那男子離去，三島回到廚房後，滿腹怒火終於爆發，大罵：「那個經理，他以爲他是誰！」

這時候，有人搭腔：

「就是呀！經理最近突然變得很跩的樣子。」

三島轉過身。原來是李秋鳳。

「我們也被經理要求，在客人點菜的時候，必須強力推銷生魚片。眞討厭，明明客人的表情就是不想點。」

「經理連這種事也幹？」

我們的餐廳是怎麼了？在短短幾個月內就變成這樣。三島認爲，繼續在這裡待下去，連身爲廚師的驕傲都將蕩然無存。可是，想到那一群可愛的員工，自己不能這樣一走了之。是的，爲了他們，再忍耐一下。想到這裡，三島只得把所有的不滿往肚裡吞。

終於，有一天，一位六十多歲的企業家來到「千鶴」用餐。這位客人從三島初到「千鶴」工作時便常來捧場，對日本料理相當精通。

「今天有沒有什麼好東西？」

「非常抱歉，最近値得推薦的食材不常有……」

三島一面回答著，一面感到心虛。由於經理下令嚴格管控採購成本的緣故，有許多老主顧喜愛的高級魚幾乎可以說是無法進貨了。但，三島更擔心的是，這種濫竽充數的作法，總有一天會被客人視破。

果不其然，客人在離去前說了一句話：

「我有好一陣子沒過來。你們的菜跟以前相比，已經走味了。」

客人的這番評語，重重地打三島的心口上。先前經理的指使干預、還有那位美食家的批評建議，那都不算什麼。然而，這次不一樣。

三島身爲廚師的驕傲徹徹底底地被擊垮。

不管別人再怎麼勸，我是不會留下來的。

這一刻，三島下定了決心。

三島打算提出辭呈，剛巧阿宏過來。

「有些話，不知該不該跟料理長說……」

聽阿宏說，最近台灣新設立不少間飯店。有一間外商投資的五星級「世界大飯店」就要開幕，主動找上阿宏過去工作。

「要是料理長有意願的話，我可以幫忙向他們說說看。」

「眞的？」

天底下哪有這等好事？三島心裡很明白，但是這機會挺誘人的。如果順利的話，便不必回日本了。於是三島便拜託阿宏幫忙。阿宏提了一個建議：

「要不要拉小鳳一起去？多一個人應該不困難吧？我猜。」

「小鳳？」

「是呀。我不是把摩托車借給你們倆？」

阿宏話中有話，但三島沒聽出，只是順著阿宏的問話，很自然地回答：

「好哇，那麼一併麻煩你了。」

三島依約前往世界大飯店面談，並藉機露了一手自創菜色，請飯店的主管們品嘗。

評價好極了。加上有幾位主管久仰「千鶴」三島料理長的大名，於是大家一致通過錄用。薪水則比在明日大飯店時期優渥許多。

新的餐廳「寫樂」。有關食材的選購，交由三島全權處理。三島利用各種食材，開發多樣新菜色，其中以結合每個季節特色的多種食材所呈現的「四季御膳」小品懷石料理，最受客人喜愛。

另外，對於新進員工的指導，三島不遺餘力。譬如日本料理「煮物」的烹飪祕訣，將各項材料分別處理，才能突顯各個食材的美味；利用洗米水煮白蘿蔔，可使蘿蔔容易軟爛，口感也更好……。將自己所知的私房小密技，毫不藏私地傳授給員工。

如此一來，「寫樂」以獨門的菜色，加上能力強且優秀的人才，化成堅強實力，是其他餐廳望塵莫及的。「寫樂」成爲台北最具代表性的日本料理名店。

這樣的好光景持續了一年。有一天，毫無預兆地，三島被總經理約談。

「這可是股東說的，不要怪我。股東認爲你的薪水過高，有調整的必要。」

確實三島也曾覺得自己的薪水不少。不過，包括開發新菜色及培育員工等等，三島自認對得起主管們所給予的厚愛。

問題是，他們所認爲的合理薪資是……

「您提到調整薪水，請問會是……」

「嗯……這個……不太方便用說的……」接著總經理拿出一張紙條，上面的數字是現在薪水的一半以下。

這樣的金額竟是自己勞心勞力工作的代價。三島無法認同。努力至今，也替餐廳贏得客人眾多肯定與口碑，薪水卻反而調降，越想越不甘心。

考慮再三，三島離開了「寫樂」。

聽到消息的阿宏和李秋鳳對於飯店的作法相當不滿，替三島抱不平。而三島此時卻反過來勸他們。

「正因爲有飯店的全力支持，我才能開發新菜色、突破自己，並且教你們學會種種技巧。所以囉，在這裡還是有很多地方是值得感謝的。不要再埋怨了，那只會白白浪費時間而已。」

這全是三島的心底話。與其對已決定的事抱怨連連，還不如趁著工作合約到期前的這段時間，好好地爲這些留在這裡、有前途的廚師們做點有意義的事。這件事對現在的三島來說，才是值得做的。

這次非得回去日本了吧？總不可能每次都受到幸運之神的眷顧，在失去工作的同時，另一個機會又無巧不巧地送上門來。終究要和台灣道別了。但三島心中，仍存有某個角落，不甘就此離去。

只許成功，不許失敗。這句話是離開日本時，自己對自己的承諾，結果竟落得如此結局，說什麼也不能接受。再試試到別的地方應徵吧。雖然也曾如此盤算，但是找一個能對得起自己的工作有那麼容易嗎？種種疑問油然而生。

當疑問不停地在腦子裡打轉的時候，三島突然靈光一閃。

對啊，何不自己開一家店？

眞要開店嗎？三島第一次有這種念頭。自行創業未必是一盤死棋，而且越想越覺得可行，甚至連閉上眼睛，都能夠清楚地看見店裡忙碌的景況。

還有一件事。該是向心儀已久的李秋鳳告白的時候了。既然不打算回日本，如果可以的話，希望能與她並肩攜手、共創人生的幸福未來。這樣的想法，隨著決定留在台灣奮鬥的意念而越發強烈。

幾個星期後，三島邀李秋鳳再次同遊陽明山。

上次是向阿宏借摩托車，這次換坐公車，一路搖搖晃晃到山上，也別有一番樂趣。

已經過了櫻花盛開的季節，取而代之的，是滿園的杜鵑爭奇鬥豔。三島第一次發現杜鵑花是如此漂亮。

來到上次看櫻花的地方。三島望著沒有櫻花的櫻花樹，對李秋鳳說：

「在日本，『櫻花開』代表什麼，妳知道嗎？」

「就是櫻花開花呀。」

「沒錯，也就是春天到了。我的櫻花……也會開嗎？」

「……欸？」

「我……喜歡妳。」

李秋鳳聽了沉默不語。終於輕輕地點頭。

陽明山的杜鵑好美。

三島忙著進行開店的籌備工作。地點選在日本人常活動的林森北路巷子內。花了差不多兩個星期的時間做店面裝潢——一半做成日式吧檯座位，另一半則設計成必須脫鞋、有榻榻米的座位。

店名取爲「獨樂」。日文的意思是「陀螺」，期望這家店能夠像陀螺一樣運轉不停、長長久久。

每天早晨天還未亮，三島便趕往魚市場，尋找當日的新鮮海產；接著轉到隔壁的果菜市場挑選蔬菜，大袋小袋提回店裡。烹調前的處理相當重要，由三島一人負責；而外場部分由李秋鳳接待，再請兩名女服務生幫忙。

店終於開幕了。在很短的時間內，生意便上了軌道。這全是李秋鳳的功勞。將過去在兩家飯店服務時所結識的老主顧聯絡資料整理出來，寄發開幕通知，於是舊雨新知接踵而至。

一切都順順利利。生意也穩定了，也開始有些盈餘。一年之後，三島與李秋鳳甜蜜地步上紅毯。老天爺總是特別眷顧努力打拚的人。房東將店面以低於市價的價格賣給三島夫婦，終於這家店完完全全屬於自己的。事業順利、家庭美滿，三島由衷希望這份幸福能永永遠遠持續下去。

※

「獨樂」依舊日日高朋滿座、生意興隆。喜歡吃日本料理的日本人、台灣人，三不五時帶著朋友、客戶來此上門光顧，於是「獨樂」的忠實顧客越來越多。轉眼間已經十五年，三島也已步入四十六歲。

常客之中有位王永隆先生，是中華電力公司的處長。一天，王永隆帶著一位客人前來用餐。

這倒也不是件稀奇的事。由於「獨樂」的品質高、價格合理、東西又好吃，常被當作生意應酬的首選。不過，隔著吧檯，三島無意間聽見二人的對話，那位客人稱王永隆爲「爸爸」。與王永隆熟識的三島感到奇怪。

「請問，這位是您的公子嗎？」

「不是，他是我女婿，是日本人。」王永隆拿起裝滿日本酒的小酒杯，仰頭一飲而盡。

「岳父跟我提起，這裡的日本料理是台灣第一。今日一嘗，果然名不虛傳。」

這位日本人，是日本橋本商會在台分公司的派駐人員大村元明，約三十五、六歲，用流利的中國話和王永隆邊吃邊聊。看他的笑容，應該是個個性爽朗的人。這是三島對大村的第一印象。

「實在是太好吃了。我以後會常常來，到時又要麻煩您了。」大村臨走時說了這句。

大村果然遵守諾言，經常到此用餐，有時是和同事、有時是和太太——也就是王永隆的女兒；有的時候是自己一個人。漸漸地獨自一人出現的情況變成常態。

大村一個人來的時間固定在週五，刻意避開忙碌的晚餐時段，大約是九點以後，便選在吧檯的座位坐下，獨自喝著小酒，直到打烊。

三島在忙完店內的工作後，也加入大村一同對飲。他總是讓服務生先回

去，再把店門口的布簾收起來，二人邊喝邊聊直到深夜。

一天晚上，客人都離開了，三島和大村閒聊著。

「在國外打拚的感覺是什麼？」大村問。

「什麼感覺……大村先生，您不也一樣嗎？」三島回答。

「不一樣。我們是被公司派來的，和三島先生不同。就日本國內的人的角度來看，我們都是住在國外；但是，對我們這種派駐人員來說，並沒有靠自己的雙手在國外獨立的感覺。一旦接到公司召回的命令，不管自己是否願意，都必須遵照公司指示立刻回國。」

大村想表達的心情，三島大致可以瞭解。不過，聽見派駐人員說這類的話，這還是第一次。

在國外獨立生活。三島自己從沒有想過。既不是有什麼特別的生涯規畫而來到台北，也不是爲了遠大的抱負和理想不回日本而在此留下。當初要離開日本的時候，確實是抱著只許成功的決心。然而在小有成績的今日，自己眞有所謂的理想和抱負嗎？老實說也沒有。

難道……難道就這麼庸庸碌碌地，過完這一生？

連三島自己也不知道答案。

大村問的問題，在三島的心中漸漸發酵，演變成「此生能否回去日本」的所謂「落葉歸根」的念頭悄悄萌芽。在這裡所說的「回去日本」自然不是指短期的回國，而是將在台北的一切做個了結，與李秋鳳一同回到日本生活。

而像大村這樣的派駐人員，好比是握有「來回機票」一般，只是在國外做短期停留。也正因有公司發的「來回機票」，所以回國是必然的。

然而，三島的情況不一樣。雖然是日本人，但曾幾何時，一提到回國，卻有「無處可歸」之感。

另一方面，也是因爲考慮到台北的生意已經經營得十分出色，以及經年累月所累積的人際關係。三島已在此落地生根，要擱下這裡的一切，終究是不捨。

就在幾天前，一位在建築師事務所工作的日本客人提出店面翻修的建議：「吧檯與榻榻米座位的組合已經是老式的店面裝潢了。把這裡全部改放桌子、這面牆壁改爲一大片玻璃落地窗，把光線引進來，讓整體顯出時尚感。」

聽完他描述未來店面的構想，三島顯得興趣缺缺。隔日看了工程估價單之後，原來花費並沒有想像中來得貴。何不試試看？三島有些心動。店面一旦改裝，三島與日本的距離又更遠了一些。

一天，三島接到由日本寄來的一封信。寄信人是野崎忠，是在帝都飯店「惠比壽」餐廳服務時的前輩。往事歷歷在目，不知前輩現在可好？三島帶著既懷念又喜悅的心情，打開這封信。

三島老弟：

眞的是好久不見。近來是否無恙？

愚兄在這個月底，離開工作多年的「惠比壽」餐廳，開始過退休生活。這次寫信是來報告這個消息。

對於今後生活的規畫，愚兄打算在神樂坂開一間小小的日本料理店。

店名已經取好了。「野崎」預定於下個月十日開張。當日中午設席邀請幾位好友，當作是開幕慶祝。不知三島老弟可否賞光？靜候回覆。

愚兄

野崎　忠

前輩退休了呀。

一切的一切，全因那一天而起。三島回想起十八年前的那一日，竟還如此鮮明。如果那天不是自告奮勇、搶先應允前來台北的話，今日的自己又會是怎樣的命運？一想到這裡，深有「光陰似箭、歲月不饒人」的感嘆。另一方面，這麼多年後，野崎前輩還能想到自己、特地邀請自己參加開幕慶祝會。面對野崎的熱忱，三島內心充滿感激，不禁熱淚盈眶。

久違了，日本。春天的陽光暖洋洋地灑滿全身。有多久沒投向這片土地的懷抱？

三島手上拿著野崎寄來的名片，循著地圖，沿路找著日本料理店「野崎」。這一帶雖然是東京都中心，但屬於住宅區，有不少新式的麵包店與時髦的咖啡店開設其中。身處在此區，擺脫了東京的快節奏，彷彿時鐘的步調也變緩了，連空氣也隨之悠閒起來。

名片上的地址並不難找。在公寓一樓，木作的門上掛著日本料理店門常見的布簾，店前豎著齊腰的立柱，上頭寫著「野崎」。

差十分鐘便是十二點。

拉開店門，不算大的店內已經聚集十多位的客人。三島想從中找出野崎的面孔。是呀，太久沒見，人都會變的。再仔細一瞧，站在裡面身穿藍色廚師服、往這兒方向看的男子，不正是野崎嗎？還是以前那木訥寡言的模樣。

「野崎前輩？」

「三島老弟？」

簡單的對話像是一把開啓塵封往事的鑰匙。搜尋著記憶中的影像，試圖與站在眼前的對方重合起來。對於三島專程回國參加開幕慶祝會，野崎衷心地道謝，並把這位遠道而來的客人介紹給在場的朋友們。

參加的客人全是「惠比壽」的廚師，有現任的、也有已離職的。其中幾位已離職的人，三島覺得有些面善。這麼說起來，今天的慶祝會倒像是「惠比壽」的同學會。

首先由野崎對大家表達感謝及歡迎之意，接下來由離職的老同事代表致賀詞。大家高興地舉杯慶祝。有好酒也需要好菜來相配，才能相得益彰：色彩繽紛的懷石風前菜、大艘木船盛裝的綜合生魚片、表示吉祥喜慶的鹽烤全鯛，再搭配紅豆飯、蓮藕芋頭煮物……

由於來客全是廚師身分，野崎做菜時的心理壓力一定很大吧？不過，在品嘗這些佳餚後，絲毫感覺不出廚師緊張的情緒。這就是所謂的「功力」。

當酒過三巡、菜過五味，野崎來到三島身旁。

「我們多久沒見了？」

「有十八年了。」

其間二人雖有互寄賀年片，但自三島離開日本後便未曾再見面。

「我也和三島老弟你一樣，終於擁有一間屬於自己的店了。」

「您太見外了。叫我道夫就好。」

「好的。老實說，自從道夫你去台灣以後，我一直在想，這樣到底是對是錯？」

「我眞的很感謝，前輩您把機會讓給我。因爲選擇去台灣，我才能擁有自己的店、遇見我的太太、經歷種種我在日本不曾有過的體驗。」

「是這樣呀，那我就放心了。那麼，你還會繼續留在台灣嗎？還是有回來的打算？」

「這個我還需要再想想。」

野崎聽了三島的回答，似乎陷入沉思，半晌之後，悠悠地說出一句：「是我，是我改變了你的人生也說不定。」

這句話像是被大浪吞沒的小舟，在店裡湧起一陣歡騰的笑鬧聲，一瞬間便消失地無影無蹤。

慶祝會一直喧鬧到下午三點才結束。

或許的的確確是因爲野崎的關係。但三島認爲，自己的人生絕不是因爲野崎而改變。是自己的選擇與決定，造出今天的自己。三島如此堅信著。

三島不斷回想起野崎說的話。任由自己的腳步，一個人漫無目的地走著。直到回過神來，已過了飯田橋，正朝著九段下的方向。

既然來到這裡，去千鳥淵走走吧。

三島的精神爲之一振。

在那裡應該可以看到睽違以久的美景。有多少年沒見到了。心中不斷思念的故鄉畫面。那是最能代表日本的風景啊！

不知不覺問，三島加快腳步。

不多久便望見擁擠的人潮。而在人潮前方，一大片被染成淡粉紅色的世界向遠方無限延伸。

沿著護城河旁的步道，開滿了染井吉野櫻與大島櫻，地面上灑落無數花瓣。空氣中散發出微微刺鼻的香氣，那是一片片飄落的粉紅色的雪……

粉紅色的雪越下越大，完全遮住了三島的視線，連前面的人都難以辨認。

什麼都看不見。

突然前方發出一道光芒。刺眼的強光照得雙眼幾乎無法睜開。三島勉勉強強睜開眼睛，發現那道光之中有影子在晃動。仔細瞧個清楚，像是有人在跳舞。有好幾個穿著和服的人圍成一圈正高興地跳舞。

到底會是誰在這種地方跳舞？

但，下一秒，看出他們並不是人。

他們的臉是粉紅色的，眼睛和嘴巴的部位留有細長的孔洞。一見到三島，他們的表情好像在笑。

難道……他們是櫻花精靈？

三島直覺上如此認爲，卻又想加入他們一起跳舞。

「我可不可以和你們一起跳？」三島一面大喊一面跑過去，精靈們飛也似地逃開了，還不忘回頭對三島微笑。

「喂，等等我呀！」三島邊喊邊追，就是趕不上他們。雖然很小聲，但還是聽得見他們傳來的笑聲。

「等等我！」

三島追得氣喘吁吁，最後仍是無法加入，只得呆立著。精靈在一旁跳著舞，好開心的樣子。

三島精神振奮地來到千鳥淵。人潮緩慢地依著一定的速度前進。護城河的對岸是數不清的櫻花。

可是，就在此刻，三島突然產生從未有過的、奇怪的感覺——眼前的景色不是我的家鄉。

淡粉紅的櫻花。日本最自豪的櫻花。三島原本認爲那是世界上最美的櫻花。它曾是三島日日魂縈夢牽的惦念，伸手卻不可及……

不知何故，此時陽明山上櫻花盛開的情景倏地閃過腦海。在初到台北生活的時候，載著李秋鳳、騎著一台名叫「野狼一二五」的摩托車，二人忙裡偷閒去看的櫻花。

那櫻花，以她的溫柔，緊緊地將三島包圍。

三島回到台北後，之前提出店面翻修建議、在建築師事務所工作的那位日本客人又一次積極遊說：「要不要試試看？不騙你，你一定會滿意。」

又過了半年。三島這次下定決心，把十幾年的老店面作一番改變。把原有的榻榻米拆撤、牆面改成一大片的玻璃落地窗，前前後後花了兩個星期進行裝修。隨著工程接近完成，感覺上店內比起以往明亮許多。走道從入口處便開始舖上小石頭、地板與牆壁也更新。最後是餐桌、椅子送過來，再擺放一些裝飾品便大功告成。

店裡煥然一新的景象，似乎象徵這是一個新的起點，勉勵自己要好好努力再度出發。事業即將展開另一個新階段，三島自然而然把在日本看櫻花的事拋到腦後。

重新開幕的「獨樂」一連多天，顧客絡繹不絕。除了以前常上門的老顧客，新面孔的客人也不少。見到如此情況，三島心想重新裝潢開幕的決定果然是對的。大村和岳父王永隆也帶著花籃一同前來道賀。

開幕之後盛況不斷，幾乎時時客滿。在某一個星期六，正是最忙碌的晚上六點多，不管是吧檯座位還是桌位，差不多都滿了。只剩下靠近入口處還有空位，兩位剛到的日本男性客人只好就坐。二張生面孔。

剛過九點，店門開了，原來是大村。這是重新裝潢後大村第一次一個人過來。

大村坐在吧檯最裡端的位子，點了牛蒡絲、燙菠菜兩道，配上一壺日本酒，如同往常等著三島下班，獨自一人就著小菜小酌起來。

一桌、兩桌……，店裡的客人陸續離去，只剩下門口的那二位男客。營業時間到十點，現在已經過了十分鐘了。

三島朝那二位男客看了看，似乎他們一時半刻還不會離開。桌上的空酒瓶差不多有半打。看樣子這二人聊得忘了時間。

「妳可以回去了。」三島打發女服務生回去，並提議大村從吧檯換至桌位。接著手腳俐落準備幾道菜，順便開了瓶啤酒一起端至桌位和大村享用。

三島脫下廚師帽，往杯子裡斟滿啤酒，與大村對乾。一股沁涼順著喉嚨直透心底。哇，痛快！

「對了，前一陣子見到王先生，身體還是那麼硬朗。」

「托您的福。其實我今天來，是有件事想請教您。」

「您請說。是和王先生有關嗎？」

「嗯。」

大村回答的時候，正巧店門突然拉開，一位年輕小姐急忙忙進來。已經打烊了呀。三島覺得納悶，起身想瞭解究竟。

但是，這位小姐無視店裡的狀況，進門便喊道：

「有沒有賣日本料理？」

這時三島才注意到，原來告示「營業中」的布簾還掛在店外。

ぼくらは生まれ育った街を遠く離れて出会った――。

下凡的天使

二〇〇五年　秋

上千名賓客祝福的盛大豪華婚禮、辭去空服員的工作後專心做一個家庭主婦、遷入明德母親家樓上的新房……，每當小步回想起這一連串的人生變化，便對自己說：「這是我自己選擇的路，不是嗎？從千里迢迢的日本遠嫁來台北。」

也許吧。

說不上來，就是感到有什麼事情要發生。像是種預感：好運降臨是一種鼻子癢癢的感覺；要是太陽穴有一陣陣抽痛，包準不會有好事。

眞可惜，今天的感覺是後者。

在乘客登機前的機艙內，佐藤步突然回想起這件事。

福爾摩沙航空，十六點三十分，台北飛往名古屋的班機。

飛行時間預定大約二個半鐘頭，第二天的回程則是三個多小時。比起歐洲線，這算是相當輕鬆了。即使是如此，在暗自竊喜的同時，自己的大好青春也都耗在這兒。

空姐的必備條件是什麼？不明瞭這一行的人一定毫不考慮地回答美貌與儀態，以及那一份體貼客人的心吧。但是，隨著年復一年的工作，那些所謂「空服員的美德」，很快便消磨殆盡。因爲，實際投入才能漸漸體會出，體力才是身爲空服員的眞正必備條件。

連續十幾個小時幾乎沒有休息。纖細的雙腳也站腫了，原本水嫩的肌膚也脫出一層乾屑，再加上時差不斷侵蝕自己的健康，空服員實在不是別人所想像的那麼風光。到目前爲止都還撐得住，不過，這種工作再做個五年，肯定是元氣大傷。不，三年就夠了。

如此辛苦忙碌，小步用自己的青春，所換來的是頭等艙的工作。比起在經濟艙服務，這兒不僅格外輕鬆，乘客也多是出手大方的有錢人。如果能遇到達官顯貴的人家，或許還眞能踏入豪門，當個人人稱羨的貴夫人，這也不是不可能。

進公司已經四年了，轉眼即逝。只有在回憶時才驚覺過了這麼長的時間。

登機前的準備工作已大功告成。

依照手邊的名單，本班機的頭等艙乘客有二位：Mr. Chen Ming De和Mr. Wang Jian Wen。對這兩個名字都沒有什麼印象。還是說因爲是台灣人的名字，用中文比較習慣，用英文反倒陌生。

爲了迎接二位頭等艙的貴賓，小步和同事林惠如併排站在登機口，開始了今天的工作。

不久便來了一位高個子男性。斯文的臉龐，配上圓框眼鏡，活脫脫一副中國民初文學青年的模樣。雖然不知他從事哪一行業，但看得出來絕對不是靠勞力工作的。他一見到小步，也僅是微微一笑，「妳好」這麼一句日本話，就算是打了招呼。

果眞。

預感眞準。

第一次見面是在一個月前，飛往曼谷的班機上。頭等艙的旅客只有一位，就是他。航程中兩人聊得很愉快。他對小步喜愛的中國茶瞭若指掌。

二個星期後，又一次在飛法蘭克福的班機上，「啊，我們又碰面了」，他用輕鬆的語調打著招呼。

一般來說，遇到這樣的情形，有些空服員會挑與乘客最近的空位坐下來閒聊，或是把印有自己行動電話號碼的名片遞給對方。不過，對於「不打探客人隱私」的公司規定，小步總是謹守著。

畢竟頭等艙的客人又不只一個，總不能全顧著這一位吧。

結果，在這趟漫長的航程中，並沒有和他聊上幾句。倒是在下飛機的時候，對方說了一句「或許我們不久後還會再見面」，像預言似地，深深地烙印在小步的腦海裡。

然而，就在今天，預言成眞。

從他拿出的登機證上，標著2號座位。哦，原來他就是那位「Mr. Chen」。見到小步與陳先生狀似熟絡地交談著，林惠如對小步擠著眼：「我到那兒去忙囉，這位客人就交給妳了。」

這下可不妙。小步並不希望和他有什麼進一步的發展，畢竟他只是客人之一而已，除此之外沒有別的。

如果秀華在就好了。這時候秀華一定會察覺出我的心情，不著痕跡地幫我一把。小步心中強烈期盼著。

秀華和小步是同一期進入公司的。從小步剛到台北，秀華便照料小步身邊的大小事情，像是宿舍冷氣不夠冷、向公司要求換新，還有抗議樓上打牌聲太吵等等，秀華總是出面幫忙解決。

「在我的地盤上，朋友是不能被欺負的。」秀華總是這麼說。小步想，即使自己站在秀華的立場，對朋友也無法如此大力相助。偏偏此時秀華不在這兒。

第二次還可歸於巧遇，但第三次……就不能再視爲巧合了。雖然不打算深究，但總覺得事有蹊蹺，不得不起疑。「難道是我的排班表已經被調查的一清二楚了嗎？應該不至於有這樣的事情才對。」小步想到這裡，便把那些懷疑的念頭壓了下去。

服務了那麼久的名古屋航線，感覺上到目前爲止，這次是最漫長的。身爲一個盡職的空服員，不能因為自己私人的情緒，而無視客人的存在。只要客人一個手勢，再忙也得放下手邊的工作，從容不迫地趕上前去，面帶笑容地詢問：「請問有什麼地方需要我為您服務？」雖說服務是空服員的職責，但總希望能不去就不去；可又實在看不出他有故意製造機會的意圖。奇怪，我到底是怎麼了？大概是因為是連三次碰面吧？嗯，應該就是這個原因，而且還在同一個月內。找不到一個合理的解釋，小步的心裡像是響起了警報，始終無法平靜。

不知是不是對方察覺到小步的心情。除了一、二次屬於工作範圍內的簡單交談外，整趟飛行中，這位陳先生倒是不多言。

就在這種不安的心情下熬過整趟行程，飛機終於降落在名古屋國際機場。當安全帶指示燈熄滅後，陳先生從座位上站起來，往小步的方向移動，說道：

「如果我們再碰面的話，就一起吃頓飯吧。」

小步瞭解為什麼對方會提出如此唐突的邀約，畢竟連續三次碰面—機率也太小了。

「OK！附帶一個條件—如果在二個禮拜內的話。」

「沒問題！二個禮拜內。我明白了，就這麼說定了。」

陳先生把黑色提袋往肩上一揹，逕自下了飛機。

不可能的。看著陳先生離去的身影，小步心裡想著。

小步明早第一班飛機就飛回台北，接下來有二個星期的休假。雖不清楚那位陳先生來日本的目的爲何，但總不可能今晚才到、明早第一班飛機就回台北了吧。所以囉，即使他在回台北之前，從公司打聽出排班表，刻意搭上我的班機，那也是二個星期後的事了，早已超出了約定的期限。

耍了一點小計謀。第四次？除非太陽打西邊出來。小步十分篤定。

進了旅館房間之後，小步換上了便服，直奔一樓大廳。

「學姐，怎麼那麼慢？」

島田佳代看見小步下樓，立即從沙發上起身。旁邊是周文妃和林碧蓮，三個人都是負責經濟艙的學妹。

「對不起，對不起，我剛剛在找那家店的名片。」

對空服員而言，在停留外站的晚上，能從工作及旅途的雙重疲憊中解脫，好好地放鬆一下，嘗嘗當地佳餚與美酒，再享受不過了。儘管空服員間常常交換美食情報，但每個人都還是有一本屬於自己的私藏祕笈。

要去的店名叫「八丁屋」。那是一間十個人就坐滿整個吧檯的小店，有著日本獨特的「料亭」氣氛，感覺很溫馨。而且，它的招牌菜「味噌豬排」可眞是一絕。是將炸得金黃的豬排，淋上名古屋特有的八丁味噌。不過這間店別具風味，不但豬排炸得恰到好處，甜甜鹹鹹、濃稠滑順的八丁味噌往上一淋——那股好吃勁兒，不是其他醬汁可以取代的。

唯一的缺點是，店離旅館有點遠，坐計程車得花上十五分鐘左右。而且對於不熟悉位置的人而言，還挺不好找的。但這也不由得讓人打從心底激起「老饕私房菜，巷弄裡的好滋味，再怎麼難找也非嘗不可」的衝動。

小步知道這間店，純粹是偶然。有一次和秀華向計程車司機打探當地的餐廳資訊，並請他帶路。「路雖然不太好找，但這家店的味噌豬排眞是一等一的好吃。」司機先生豎起姆指，大力推薦。自此之後，只要在名古屋過夜，兩人必定相約前往，大快朵頤一番。

「不騙妳們，眞的是超棒的。秀華說來到名古屋，不吃這一家，絕對會後悔。」

「我也聽說了。」

「嗯，我也好想吃吃看。」

坐在車裡的學妹們，對小步抱以滿滿的期待。

之前聽到島田的話，不少同事也想跟去。但考慮到計程車人數的問題，四個人暗地裡計劃著。

計程車從大路彎進了小巷，很快地四周景物變得熟悉。

「麻煩您在前面停車。」

一行人從車上下來。一間不起眼的小店，木門緊閉著，門楣上垂著布簾，店旁用小燈照著揮灑草書的小小招牌——「八丁屋」。店面與一般民宅沒什麼不同，給第一次上門的客人一種「私宅勿擾」的感覺。

「在這裡。」

小步一邊喚著學妹，一邊將木門拉開。「歡迎光臨」，廚師親切地招呼著。低頭鑽過了布簾，抬起頭來的時候，小步怔住了。

坐在吧檯、手裡端著酒杯，轉頭往這兒看的那位客人，沒錯，就是那個男的。

「妳好！」

這句蹩腳的日本話，幾個小時前才聽到。

「怎麼了？」

小步驚訝地站在門口說不出話來，後方跟上的島田幾乎撞上。小步仍是杵在原地，一動也不動。

第四次。

眼前這個男生根本就是幽靈，不然怎會陰魂不散？

可是，怎麼可能？他又不是跟在我們後面的呀？像是早摸透我們的計畫似地，搶先一步來餐廳等候。

這還能算是「巧合」嗎？第三次或許還勉強是，但第四次就……。害怕嗎？不，說不定是老天爺冥冥之中的安排。小步這麼想著。

原來這位男士名叫陳明德，三十二歲，從事食材進口行業。在外人看來，此人年輕有爲，高居總經理職位，事實上是因爲二年前父親突然病故，接掌從父親那兒繼承而來的事業。

小步隨著如此有身分地位的陳明德來到台北郊區一家頗具特色的餐廳。藏身於集合住宅的一角，門口的招牌一點也不顯眼，從外觀根本看不出是吃飯的地方。偌大的店內空蕩蕩的，裸露的混凝土牆壁、幽暗的燈光、奇形怪狀的藝術品，老爵士樂靜靜地陪襯著。這間餐廳怎麼瞧，都像是個時尚酒吧。

客人只有三、四位。小步與陳明德挑了張桌子相對而坐。服務生端來厚實的大陶盤，上面盛著中國菜。這完全背離小步對中國菜的印象。該怎麼形容才好？在顏色的搭配與裝盤等細節上，像是懷石料理般精緻，在在顯示出廚師的手藝與堅持。

「好吃嗎？」陳明德用不流利的日文問。

當被問起「好吃嗎」這一句，若是回答「不好吃」，可眞是需要十足的勇氣，尤其自己是受邀的這一方。但若單純地回答「好吃」，又總覺得哪裡怪怪的。面對著陸續端來有如紙黏土般精巧捏工的菜色，小步一邊動筷一邊猶豫該如何回答。

「嗯，很好吃。不過，總覺得不太像中國菜。」

「哦，這叫做『創意料理』，是新式的中國菜。」

陳明德解釋給小步聽。總之，這樣的形式與小步的印象南轅北轍。

見到小步困惑的表情，陳明德問：「Ayumi，妳比較喜歡傳統式的中國菜，是嗎？」

小步並沒有馬上會意陳明德所說的「傳統式的中國菜」，倒是突然聽見陳明德直呼她的名字「Ayumi」（「步」的日文發音），覺得被冒犯。在日本，不熟的兩人在彼此稱呼的時候，通常會加上「さん（san，『先生』或『小姐』之意）」以表示禮貌，並且是稱呼對方的「姓」而不是「名」。在台灣應該也一樣吧？「我們之間有那麼熟嗎？」小步心想。

自從這天吃過新式中國菜之後，陳明德常找藉口邀小步出來吃飯。今天是中國菜，明天是義大利菜，後天是法國菜、日本料理……。「聽說那家餐廳網路評價不錯，我們去吃吃看吧。」是陳明德常用的老招數，而小步也從未表示拒絕。半年之後兩人的聚餐成爲每個月的固定活動。

對小步而言，陳明德的出現像是作夢一樣。認識的機緣很奇妙，而且陳明德本身像個謎，不知他內心在想些什麼。只因爲他是外國人的關係？還是有其他原因？

另一件讓人意想不到的，原本只是打賭輸了而出席的飯局，而今卻演變成滿心期待下　次的邀約。陳明德在小步心中的分量與日俱增，這點小步自己都不得不承認。

然而，這份感覺是不是愛情，自己也無法確定。陳明德並不是壞人，隨著彼此越來越熟識，便越想進一步瞭解有關他的一切。但，這就是愛情嗎？

一天，兩人和平常一樣相約吃飯。在飯店頂樓的餐廳用完餐後，飲料剛端上來。陳明德突然開口：

「找一天來我家，和我家人見見面好嗎？」

這類的話陳明德從來沒提過，小步感到十分意外。和家人見面，應該是有意思將自己介紹給家人認識吧？可是……爲什麼？自己又不是陳明德的女朋友，陳明德也從未向自己告白。那麼，爲什麼想這麼做呢？小步也不知該如何回答才好。或許在台灣，把異性朋友帶回家介紹給家人，是件稀鬆平常的事情，不值得大驚小怪的吧？

「嗯……這個嘛……我再想想……」

沒有同意、也沒有反對的回答，但是陳明德似乎已有主張。

「那麼，日期敲定了我再跟妳說。」陳明德開心地笑著。看樣子他是誤以爲小步答應了。

晚上，小步一回到家，馬上打電話給好朋友秀華，把從與陳明德認識的經過、直到今天發生的事情，擇要地說給秀華聽。「在我的地盤上，朋友是不能被欺負的。」憑著秀華說過的這句話，小步每當遇到困難，總是第一個向秀華尋求協助。這次也不例外。聽秀華的準沒錯。

「在台灣，如果有人要把妳帶回家介紹給家人認識，有沒有特別的意思？」

「嗯……有是有，不過……」

「不過什麼？」

「還是要看那個人的個性。有些人很單純，做事不會想太多。」

「那，秀華，妳覺得呢？」

「我也不知道。」

「看來我這通電話是白打了。」

「別這樣。談談那個人好了。他是怎樣的一個人？」

「他嘛……人還不錯。」

「我問妳，要是我叫妳別去，妳會乖乖聽我的嗎？」

「嗯……我……」

秀華突如其來的問題，小步不知該如何回應。

如果秀華叫我別去……我應該還是會去吧。既然如此，又何必打這通電話？小步自己也弄不清楚自己在做什麼。

二個星期過後的星期六，小步梳妝打扮，準備到陳明德家吃晚餐。該穿什麼衣服？化什麼樣的妝？尤其自己的立場又是什麼？小步心裡完全沒個底。就這樣按照約定的時間等著陳明德來接。

等著等著，一輛熟悉的BMW汽車在面前停下來。

「抱歉抱歉，讓妳久等了。」陳明德用最近硬背起來的日文，配上笑臉頻頻賠不是。

這張笑臉反倒引得小步心生不快。他像沒事人似的，只有自己被搞得緊張兮兮。會變成這樣，說來說去，都是他害的。

穿過台北市大大小小的車陣，好不容易來到陳明德位於陽明山附近的家。那是一棟高級住宅，陳明德把車直接開往地下停車場。

「我們到了。」

陳明德將車子熄火後下車，小步也跟著下來。空曠的停車場有些寒氣。

乘著電梯上樓的這段時間，些許放鬆的情緒又再度感到緊張。沉默的氣氛顯得有些尷尬。「今天除了我們兩個，還有伯母和令妹，對吧？」小步找話題想驅散沉默。

「是呀。今天我媽親自下廚，很難得。」

閒聊之中，電梯的門開了。

「這裡。」陳明德邊講邊掏出鑰匙開門。「請進請進。」

在陳明德的指引下，小步進入屋內。不知這時在台灣，禮貌上該說什麼？只好用日文說聲「おじゃまします（ojamashimasu，『打擾了』之意）」。

但，屋裡的這個人，怎麼可能會出現在這兒？

「我等妳好久囉。」秀華站在客廳，T恤配牛仔褲。

「怎麼會是妳？」

究竟是怎麼回事？小步被弄糊塗了。不過，稍微冷靜想想，一切都明白了。所有的疑問都解開了。

餐桌上擺著一盤煎魚、一盤滷肉滷蛋和竹筍、一盤芹菜炒花枝、一盤煎香腸，全是陳明德母親做的台灣家常菜。

小步、陳明德、陳明德的母親與秀華，圍坐著談天，就和平常一樣。而陳明德與秀華是兄妹這件事，對小步而言是個剛剛才得知的震撼消息，然而在座的每一個人似乎都故作鎮定狀，一副若無其事的樣子，繼續扮演著各自原有的角色。

在這之中，陳明德的母親顯然是這個家庭的主導人物。她像是將自己定位爲全場的中心，不停地招呼著小步，在小步心中反而成了無形的負擔。

反觀這對兄妹。相對於母親急欲表現對客人的關心，陳明德採取不動聲色的態度，照著平日的步調，一口一口挾著飯菜；而秀華則是善盡母親與陳明德之間橋樑的角色。

這個家庭維持和諧的原因，可能正是如此。

用過晚飯之後，秀華拉著小步來到自己的房間。這是小步第一次進入秀華的房間——淺綠色的壁紙、水藍色的窗簾，還有床鋪、書桌以及書櫃。簡單的陳設給人一種安定舒適的感覺。

「有被出賣的感覺嗎？」

「我不知道。」

「要怪就怪這張照片。」

秀華指著書櫃裡的相框。那是航空公司四個同事一起拍的照片，一個生日聚會的場合。小步也在其中。

「我哥呀，見到這張照片，一直央求我把妳介紹給他。而我覺得把同事介紹給老哥，這種感覺眞的好奇怪，所以沒有答應。於是他轉個念頭，要我幫他追妳。」

「所以……我的排班表，還有去八丁屋的事，都是妳洩的密囉？」

「被妳發現了。」秀華低著頭，一臉抱歉。沉默了一會兒，秀華抬起頭問道：

「生氣了？」

這個問題小步很難回答。心裡找不出一絲絲生氣的感覺，不，反而有一種近似感謝的心情油然而生。

「沒有什麼好氣的。我想是。」

「真的嗎？」

「嗯。」

小步的回答有如一位高明的醫生，將秀華心口上那根牢牢的刺徹底拔除。秀華終於鬆了一口氣，露出開懷的笑容。

過了九點鐘，陳明德說要開車送小步回去。

離開家後，兩人都沒有開口。從沒有過這樣的感覺。陳明德慢慢發動車子。「有個地方我想帶妳去看看。」打破了籠罩在兩人之間的沉默。

沿著上坡路，車子在黑暗中不停向前進。沉默又再度回到車內。不久後車子彎進小路，在旁邊的空地上停下。車頭燈的光暈緩緩熄滅，兩人下車踏入一片漆黑。

「這兒，往這兒。」

小步跟著陳明德的腳步，眼前從漆黑展開成一片輝煌。山腳下的燈火比天上的繁星更加耀眼。

「妳看，這是台北。」

「哇，好美。」

無數個燈火像寶石般在夜色中遠遠近近閃耀著。每個光點都代表著台北人形形色色的生活。當小步陶醉在夜景之美時，陳明德突然轉身，往小步的方向走來。

「我們結婚吧。」

雖然陳明德說出口的是怪腔怪調的日文，但小步完全瞭解他的心意。或許這正是小步心底深處最渴望聽到的一句話。是的，此時此刻，有人向我求婚。

無數的燈火眨著小眼睛，彷彿對小步說著悄悄話：「這裡有無數的幸福在等著妳。」小步腦中一片空白，不知怎地，「嗯」的一聲便成了對陳明德的回答。

陳明德的確還不錯。不，應該算是條件相當好的。年輕有錢，對小步又體貼，再加上他是秀華的哥哥，所以小步在日本的父母聽到對方的家世人品，立即答應這門婚事。小步也對自己的選擇很有信心。

然而，一切的轉變都太突然。

上千名賓客祝福的盛大豪華婚禮、辭去空服員的工作後專心做一個家庭主婦、遷入陳明德母親家樓上的新房……，每當小步回想起這一連串的人生變化，便對自己說：「這是我自己選擇的路，不是嗎？從千里迢迢的日本遠嫁來台北。」

是呀，我還有什麼不滿意的？

有一天，小步在屋裡窗戶旁遠望陽明山的風景，自己問著自己。

這時，客廳大門發出鑰匙開門的聲音。

奇怪，會是誰？這個時間陳明德應該在上班啊。難道會是小偷？小步提高警覺、擺好架勢，等著門開的那一剎那。

「哎呀，原來妳在家。」

「……媽？」

「我用備份鑰匙進來的。」

事情就是這樣開始的。

自此以後，因爲有這備份鑰匙，婆婆經常我行我素、任意進出小步與陳明德的新家。像是「衣服一起洗比較省水電」、「朋友送東西來，分一點給你們」等等一堆理由，反正找藉口不怕沒有說詞。

每當小步面對這種情形，總是極度忍耐著。

可是，忍耐總有個限度。

一天，小步從外面回來，看見婆婆躺臥在沙發上，隨著電視的劇情哈哈大笑，茶几上一堆花生殼到處散亂著，還有些掉在木地板上。

「這齣戲滿有意思的，要不要一起看？」

小步氣極了，說不出任何話，握緊拳頭立在當場。

當晚，陳明德下班一進門，小步的抱怨有如潰決的堤防。

「我受夠了。」

「媽又沒有惡意。」

「不是這個問題。」

「那麼，是什麼問題？妳說。」

「在日本，根本不會有這種事情發生。」

小步越說越大聲。忽然，小步搗著嘴，驚覺「糟糕了」。剛才的那句話，結婚前在心中暗地發誓不可以說的。

「……對不起。可是我眞的受不了了。」

陳明德仰頭嘆了口氣。是生氣？是難過？從陳明德的臉上，小步讀不出他內心的感受。

「曉得了。我會跟媽講，要她以後不要隨便進我們家。」

「……不是這個問題啦。」

「那麼，要怎麼做嘛？」

「我們搬出去好不好？」

其實小步對於兩人世界的新婚生活早已不抱任何期待。看見小步鬧脾氣，陳明德乾脆一句話也不說。

婆婆應該很難諒解吧？但搬出去這件事能得到她的應允，完全是出於身爲母親對兒子的疼愛。

不管如何，這對小夫妻在天母租下一間月租六萬元的房子，再次開始新婚生活，共享二人的小天地。

搬家當天，婆婆並沒有露面。秀華安慰小步：「妳可別在意，我媽就是這樣，稍微有點不順她的心就會擺一張臭臉。」即使如此，小步還是很在意婆婆的反應。總歸一句，都是當初自己堅持搬家，才會惹得婆婆不高與。

搬家之後，小步的生活有了一些變化。住在台北也已經好一陣子，這才第一次和同爲日本過來的人交朋友。聽說住在同一棟樓的荒井太太，她的先生是在日本一家汽車公司工作，而她是隨著先生工作調派來到台北的。看起來年紀比小步大兩、三歲。一天，小步和荒井太太搭同一部電梯，聽見荒井太太用日文和小孩說話，才開啓彼此認識的機緣。從那天以後，兩人便常常互串門子。

有一次，荒井太太找小步到家裡喝茶。

「小步，下次我跟朋友聚會的時候，要不要一起來？」

「妳的朋友？」

「是呀，都是住在附近的日本人，有時大家找個地方聚一聚、吃吃飯什麼的。前些日子我告訴她們有關妳的事，大家都想見見妳呢。」

「喔。」

「大家都是日本人嘛。在國外，認識的朋友越多，情報交換什麼的就越方便。好處是講不完的。」

「說的也是。」

越想越覺得有道理。小步從來不知道台北也有日本人組成的小團體，而且與自己一樣是家庭主婦。小步覺得自己的生活圈一下子開闊了。

過了幾天，小步受邀參加聚餐。地點約在離小步家不遠的地方，一間有名的北平烤鴨餐廳。大概是很久沒和日本人在一起的關係吧，小步顯得特別期待。

小步在一樓梯廳等著，荒井太太和二位朋友一同搭電梯下來。當電梯門打開，同時聽到三人吱吱喳喳的聊天聲。

小步見那三人聊得十分開心，不好意思打斷她們的興致，只是站在隔著六、七步的地方，擺出笑臉等著對方發現自己。

荒井太太眼尖，馬上看見小步。「哎呀，小步，等很久了嗎？」

「沒有沒有，我也是剛到。」

「我來介紹妳們認識認識。這是長野太太、三輪太太。也同樣是住在這棟樓裡面。」

大家相互打招呼後，四人共乘一部計程車趕往餐廳。在車上並沒有多聊，小步只記得有人問起：「妳先生在哪兒高就？」

到達餐廳後，十二人的大圓桌已經全員到齊。所有的人似乎早已彼此熟識，上菜之前包廂裡已是熱鬧滾滾。新加入的小步為了不讓自己顯得格格不入，想盡話題與人交談，希望能早一點融入這個團體中。但是，除了「妳怎麼會住在台北？」這個話題外，其他方面似乎引不起別人的興趣。

不多久，主菜北平烤鴨上場了，帶動起一陣歡呼聲。服務生熟練地將鴨肉、甜麵醬、蔥一起用荷葉餅包起來，放在客人面前。小步的盤子上也放了一個。

二個鐘頭過去，大家吃飽喝足，聊天也聊得差不多了。一位像是班長的太太站起來：「各位，一個人是一千零三十五塊錢。」大家紛紛打開錢包。小步交了一千一百元，不一會兒班長遞六十五元過來：「來，找給妳的錢。」

或許是太久沒和這麼多人聚會的緣故吧？還是有別的原因？總之小步急欲從這個場合中脫身。

自從那次聚餐後，小步被納入固定班底，總是被邀請參加定期聚餐。但每次聚餐回家，總覺得全身非常疲倦。

聊最近周遭發生的雞毛蒜皮事、新發掘的美味餐廳、便宜又划算的購物店、旅行、看電影、做SPA、聊老公的職務。

沒完沒了、永遠聊不膩的話題。老實說，這也沒什麼不好的。參加聚餐的那些人，也都還不錯。其實她們是在關心我。

可是爲什麼會這樣疲倦？難道是身體發出無言的抗議？

經過幾個月，小步接到聚餐的通知後，心情直落谷底。她將事情告訴陳明德，但沒有說出心底眞正的癥結。陳明德只回了一句：「跟她們講妳不參加，不就好了嗎？」

說不參加就可以解脫嗎？如果可以的話，小步早就這麼做了。可是，每當在電梯中或一樓碰到那些人，下意識還是會自然而然裝出笑臉、一副很期待的模樣。連小步都很厭惡那個裝模作樣的自己。

終於有一天，小步決定鼓起勇氣向荒井太太表明。

「謝謝您每次特地邀我參加聚會。不過，我想，以後不好再麻煩您，因爲面對一大群人的場合，我實在很不會應付。」小步一面說，一面感到自己微微發抖。

「沒關係啦。不要太在意。」

荒井太太雖然嘴上說著不介意，但之後遇見小步總是藉機閃躲。長野太太和三輪太太也像是配合荒井太太，對小步刻意疏遠。當然，碰面打招呼還是會的，但也只限於此，做做應酬客套的表面工夫而已。小步自認爲是造成這局面的罪人，沉重的罪惡感一次又一次在心頭累積。

爲什麼會演變成這種局面？當初不是覺得自己的生活圈開闊了嗎？一切都那麼令人興奮與期待，不是嗎？現在反而是走進了籠中，怎麼也逃不出。被狹小的空間壓得喘不過氣來。

一天晚上，小步半夜夢到荒井太太她們聚在一塊兒，妳一言，我一語，聊得正起勁。仔細一聽，原來是講著自己的壞話。小步嚇醒了，冷汗直冒，衣服也溼透，心臟怦怦跳的聲音在夜裡聽得格外清楚。

我是不是要瘋了？

狀況已經糟透了，小步只好向陳明德說出一切。

「如果妳不打算繼續住在這裡的話，那我們搬回陽明山好了。幸好房子平常都有整理，可以馬上住進去。」

「眞是對不起。當初是我硬要搬出來的。」

陳明德一點也沒有責怪小步。自己的丈夫是如此溫柔體貼，小步心中充滿感激。雖然回去便無法保有個人隱私，但如果留在這裡和那群日本人的圈子比鄰而居，寧可回陽明山與婆婆住，心情還比較輕鬆些。一想到這兒，小步迫不及待想搬離這個地方。

小步與陳明德搬回陽明山的家，最高興的當然是婆婆了，但小步也發覺婆婆對待自己的眼神與以往大大不同。那是當然的。當初在那樣的情況下吵著搬出去，現在卻是這種結果而搬回來。就算不是婆婆，任誰也不會給小步好臉色。縱使有一千萬個理由。

小步自己也有所體悟，今後不管發生任何事，一切都要忍耐。如果，這次又忍不下來的話呢？與陳明德離婚，收拾行李返回日本，這便是小步最後的退路。

搬回陽明山已經好些日子了。一天，小步一個人在家。婆婆上樓來，秀華跟在後面。

「秀華今天休假嗎？」

「這次是飛歐洲，所以今天和明天休息。」

「大家都好嗎？」

「嗯。佳代下個月開始要去頭等艙了唷。」

「眞的呀。」

小步有好幾天沒有見到秀華了，兩人一碰面，話匣子一打開便停不了。婆婆毫不客氣插話進來。

「阿華，我找妳，不是叫妳來聊天的。」

「知道了啦。」秀華對小步擠擠眼，小聲地說：「不好意思，今天是來當媽的翻譯。」

「小步，趁這個時候，我要跟妳把話講清楚。妳什麼規矩都不懂，說搬出去就搬出去、說搬回來就搬回來。做媳婦的可以這麼任性嗎？搬家是要花錢、花力氣的。尤其是明德。妳動不動就說要搬家，辛苦的人是他呀！」

「媽，我錯了。」

「妳要曉得，這裡是台灣。妳已經嫁給台灣人，當我們台灣媳婦，就要按照台灣人的規矩。台灣有一句話：『嫁雞隨雞，嫁狗隨狗』。」

什麼雞呀狗的，擔任翻譯的秀華不知該如何表達。但這並不要緊，重點是這次眞的惹婆婆生氣了。以小步從前的個性，一定會爭論到底；但現在的狀況不一樣，小步自知理虧，對於婆婆的教訓，小步只有聽的份兒，不停連聲應著「是」、「是」，表示自己誠心的悔過。

婆婆看見小步認錯的模樣，更顯得氣燄高張。

「我告訴妳，要當我們台灣人的媳婦，首先要從吃飯開始。從今天起，每天三餐都得乖乖吃台灣飯菜。別想再吃什麼日本料理了。」

「這兒跟那兒有什麼關係？」秀華在一旁發出不平之鳴，但婆婆不理會。

「妳不懂。不吃台灣菜，哪裡會懂得台灣事。」

「什麼跟什麼嘛。這算是哪門子歪理？」

原本秀華是來幫忙翻譯的，卻和婆婆吵得不可開交。小步一面勸，一面說：「媽，我知道，我會改的。」終於結束這一場紛爭。

秀華不安地看著小步。婆婆接著用命令的口吻對小步說：「還有，從這個禮拜開始，星期天由妳去廚房做飯給全家人吃。聽到沒？」

「我聽到了。」

小步只好乖乖接受婆婆的安排。像是歷史重演一般，同樣的壓力又襲上心頭。

第二天，小步上書店買了一本薄薄的食譜《輕鬆做出台灣菜》。書是用中文寫的，對小步來說有些吃力，幸好大部分的內容可以用漢字猜出，加上當空服員時期曾接受過基礎中文訓練，佐以書中詳細的照片解說；如果還有不懂的地方，問問陳明德，應該就沒問題了。

小步每天抱著食譜認眞研讀。陳明德對於小步的轉變，深感好奇。但小步始終未曾把事情的緣由告訴他。

小步勉勉強強盡了每週一次做飯的義務。其實自己對下廚並不感興趣，只因那是遵守承諾而不得不耐著性子硬撐。雖然如此，小步的每一道菜，陳明德與秀華總是大大讚賞。

「明明就難吃的很。」小步被這兩兄妹的大力支持深深感動。

就這樣撐過了半年。雖然現在已不必再依賴食譜，老實說廚藝方面依舊是在原地踏步。那也是沒辦法的事。小步很清楚自己沒有這方面的天分。總之，繼續做下去就對了。至於能不能符合家人的胃口，已不再是小步擔憂的問題，但每當接近週末時，仍不由地爲週日的菜單煩惱起來。「星期天煮什麼好呢？」無形的壓力有如陰霾遮蔽心中的陽光，終於漸漸窒息……

那天是星期天，陳明德出差前往越南採買食材。自從小步開始負責準備週日的晚餐後，陳明德總是刻意排開週日所有的公事活動，但這一回是因爲客戶的餐廳急著開幕，禁不住對方再三請託，只得破例。不巧的是，秀華剛好輪到飛日本航線，當晚在東京留宿。

家裡只剩婆婆和小步兩個人。小步問婆婆：「今天明德他們都不在家，是不是不用做飯？」婆婆回了一句：「飯當然要做。」

要煮些什麼呢？小步左思右想，炒米粉是不錯的選擇，再配上蒜泥白肉、炒青菜、還有貢丸湯，應該是夠了。這些菜是從那本《輕鬆做出台灣菜》的食譜上學來的。

單獨和婆婆吃飯，妳望著我，我看著妳，時間過得特別慢，氣氛也顯得凝重許多。爲了化解冷清的場面，小步用她那稱不上流利的中文，努力找話題，想炒熱家中的氣氛。

飯後小步把碗筷清洗收拾好，已是九點多了。按照平常的習慣，這個時候是喝茶的時間，大家坐在客廳享受茶香，聊著一天中發生的大小事。然而，今天陳明德和秀華都不在，該怎麼辦才好？找個藉口溜回樓上自己的家，又不知婆婆會怎麼想？小步顧慮到婆婆的反應，不敢造次。

小步往婆婆的方向瞄了一眼，打算伺機而動。但這個眼神似乎觸動婆婆想起一件事。婆婆急急忙忙站起，離開餐桌走向客廳沙發，從皮包中取出東西，又回到餐桌。

「從今天開始，妳一天吃十顆。」婆婆一面說，一面將剛才拿來的東西放在桌上。是一個透明的藥盒，裡面裝著黑不溜丟的藥丸，每一顆的大小約有一公分左右。婆婆打開盒蓋，一顆、兩顆……數到十之後，再把它們交到小步手上。

「媽，這是什麼？」

「這是給妳調養身子的藥啊。妳跟陳明德也該有孩子了。我呢，也想抱抱孫子。這可是我千拜託萬拜託，請名醫特地開的藥方。不要小看這幾顆藥，很貴的。乖，把它吃了，保證生兒子。」

小步顫抖著伸出雙手從婆婆手中接過藥丸，仔仔細細瞧個清楚。

不知爲什麼，恐懼感由心底升起。小步覺得口乾舌燥，眼前的景物逐漸旋轉、變形……腦中竟一片空白。

白茫茫的一片。好像在哪兒見過。想起來了，是雲海。和在飛機上看到的一模一樣。只不過，和那個時候不同的是，小步並不在客艙而是在駕駛艙中，正握著操縱桿，看著遍布雲朵的前方。

徜徉在雪白的雲海中感覺眞好。只是小步從未學過操控飛機，也沒有開飛機的經驗。

「我要去後面休息一下，」機長從狹小的駕駛座中勉力撐起肥胖的身軀。「這裡就交給妳了。」

「等等，機長。我根本不會開飛機呀！」

「喔，這簡單。聽塔台指揮就行了。好好開。我走囉。」

「機長，機長—」

機長對小步的求救充耳不聞，自顧自地打開門，往機艙後方走去。

怎麼會這樣？

接著無線電傳來塔台的呼叫聲。

「這裡是塔台，聽到請回答。」

「塔台，這裡發生緊急狀況。」

「能不能將情況說仔細點？」

「我不是機長，我是空服員。」

「請繼續。」

「也就是說，現在這架飛機正由空服員駕駛。」

「知道了。」

「不是光說知道了就好。你得教教我怎麼開飛機呀！還有，要把飛機開到哪裡去？」

小步幾乎是用咆哮的口氣。或許是塔台被嚇著了吧？停頓了幾秒後帶著些許不耐煩的口吻：

「要去哪裡應該是妳自己決定才對。」

「咦？」

「去哪裡還想等別人來告訴妳。不要太過分了。」

「你說我過分？」

「想去哪裡就去哪裡。妳自己看著辦吧。」

「喂，等等——」

就在同時，塔台將無線電通話切斷了。眼前層層疊疊的白雲正以超高速度向身後流逝。望著無人的駕駛艙，小步再也忍不住，豆大的淚水簌簌滴落。

「怎麼可以這樣！我不要！」聲嘶力竭的尖叫，連自己都嚇一跳。

小步回過神，已是淚流滿面。身旁的婆婆面無表情，冷眼看著小步的一舉一動。

小步站起身，神情恍惚往玄關走去。婆婆不發一語，眼睜睜看著小步打開大門傷心離去。

小步並沒有回樓上自己的家。走出公寓外，正巧遇到一輛計程車經過。只想盡快逃離這個地方。小步招招手，計程車司機發現了，連忙調頭停在小步面前。

「請問要到哪裡？」

「隨便。越熱鬧的地方越好。」

「喔。熱鬧的地方……離這裡最近的就是天母。」

「不去天母。天母那裡……」小步話中帶著哭聲。司機看著照後鏡裡的這位女客人。

「要不，去中山北路一段那邊好不好？」

「……」

司機加快速度，沿著中山北路向南開。一路上沒有任何交談。小步回想起剛才那段恐怖的幻象。

我始終沒有做過決定……

爲什麼會落到這步田地？

我又該何去何從？

司機將車停在路邊。「小姐，我想這裡夠熱鬧了。」

小步從皮包裡拿出五百元鈔，不等司機找錢便逕自下了車。

像失了魂似地，小步徘徊在人車雜沓的大街上。滿街高掛的霓虹燈閃耀著絢麗繽紛的色彩，紅的、黃的、藍的，卻都在淚眼中模糊成一片。在光影與淚水交錯的景象中，小步遠遠看見前方以蒼勁的毛筆字寫著「獨樂」的看板。

啊，是日本料理。

像隻被火光吸引的燈蛾，小步直朝著看板奔去。一個箭步，拉開店門。

店裡還亮著。眞讓人窩心。

一位像是老闆的中年男子從座位上站起，望著氣喘吁吁的小步。小步想也沒想，便大喊著：

「有沒有賣日本料理？」

餞別那天的晚上

如同人與人的相遇是一種緣分，而人與城市之間也有著類似的東西。
那是一種看不見、摸不著，一股神奇的力量。
正由於這股力量，人被城市召喚而來，當緣分盡了，人又離開城市而去。

歡送會的準備工作花了三島整整一天的時間。萬事俱備，只等其他成員的到來。

落地窗透著黃昏時的夕陽餘暉。

三島呆坐著，望向窗外。像是放映幻燈片似地，無數個情景一張接著一張在腦海中閃過。直到大村告知回國的那一幕重現，所有的思緒又拉回現實。

「還好我沒遲到。」小步拉開門。淡雅粉紅的羊毛衫搭白長褲。一襲亮眼的春裝正好配上現在的季節，散發出春天的氣息。

「妳是第一名，小步。」

「眞的呀。」

話聲剛落，身後的門又開了。這回是穿著夾克的妹尾，一派輕鬆的模樣。一進門先向三島詢問「大村先生要回國，是吧？」，像是怕搞錯今天聚會的目的，而做最後的確認。另外妹尾也帶來一份口信：「還有還有，竹本先生打電話給我，說今天有課，會晚一點過來。他要我們先開始。」

「他一個人說先開始就能開始嗎？最重要的大村先生人又不在這兒。」小步說的沒錯，主角大村還沒到。

「可能是因爲要回國了，大大小小的事情都得忙著處理吧。」三島邊說邊從吧檯裡拿出餐具和杯子，開始在桌上擺放起來。

就這樣，大家等了三、四十分鐘，大村依然未出現，就連電話也沒來一通。大夥兒開始擔心了，於是三島拿起電話撥給大村，但大村的手機和家裡電話傳來的都是令人失望的答錄轉接聲。

「怪了，怎麼回事？」

話才說完，店門又開了，三個人反射性地將頭轉向門口。

「抱歉抱歉，我遲到了。」說話的人一面道歉一面回頭將門關上。不是大村，是竹本。

「搞什麼。原來是你哦。」

「什麼叫做『原來是你哦』？我可是一下課就拚命趕過來。」

「不要生氣，我沒有別的意思。我是說，大村先生到現在還沒來。」

「咦？是怎麼了嗎？」竹本還搞不清楚狀況，一雙眼睛來來回回四處張望著。

沒有一個人能夠對竹本解釋現在的情況。已經超過約定時間一個小時了，主角大村還沒聯繫上。連三島的一舉一動也開始透露出不安。

正巧此時，店裡的電話響了。像算好時間似地。

「您好，這裡是獨樂。喂喂，你現在在哪？」

其他三個人全豎起耳朵聽三島講電話。

「嗯，曉得了。好，好。」

三島一掛電話，竹本便問「是大村先生打來的嗎？」

「嗯，是他打來的，說還要一個鐘頭。叫我們先吃。」三島回答。

「出了什麼事嗎？」

「詳細情形他也沒講。」三島說：「聽起來好像很忙的樣子。」

有了這通電話，大家原本七上八下的心大大鬆了一口氣。

三島把白天事先做好的紅、白蘿蔔切花，分別放在四個人的餐盤上，再將切成一公分厚的鰆魚生魚片疊在旁邊。另外，煮物用小碗盛裝著，加上剛從蒸箱取出的茶碗蒸、用透明大沙拉碗裝得滿滿的水煮毛豆，全部端上桌。三島豪邁地連開三瓶冰啤酒。有了啤酒助興，大家的情緒一下子高昂起來，彼此爲對方斟滿酒杯。「來來來，雖然主角缺席，我們還是先乾了這杯吧！」由小步帶頭，大家舉杯一飲而盡。

每一道菜都好吃極了，還是那令人讚不絕口的好味道。

可是，今天的氣氛總有些怪怪的。雖然沒有人明講，相信在場的人都有感覺。該用什麼話題起頭好呢？似乎每個人都小心翼翼地試探著。好比是面對滿桌的菜餚，卻不知該從哪裡下筷子一樣地猶豫。

第一個動筷的是妹尾。

「大村先生現在一定很高興。我以前在日商公司工作的時候，那些派駐在台灣的日本同事個個都想快點調回日本。」

妹尾從台灣大學畢業之後，便受僱於日商電機公司的台北分公司，但因爲對工作環境始終難以適應，僅僅工作四個月的時間，便接受大學同學的邀請，轉而任職於現在的這家電腦製造公司。印象中，那些派駐人員無時無刻不期待著召回的人事派令。

「可是，大村先生的情況不太一樣。他的太太是台灣人，而且我看他在台灣適應得相當好。所以我猜他不見得是那麼想回去。」說這句話的是三島。

「不管怎樣，他跟我們不同。派駐人員回國是遲早的事。只是這一天終於來了，不是嗎？」

「是呀。對大村先生而言，台北只不過是停靠站而已。」

聽起來竹本和小步與妹尾的想法很接近。

「我有個問題想請教各位。依各位所見，人與城市之間，會是存在著什麼樣的關係？」竹本拋出一顆新的石頭，等待著水波的反射。

「我是說，」竹本補充：「我們每一個人都有自己的理由，今天才會身在台北。爲什麼不是別的城市，而是台北呢？況且，我來台北已經十幾年了，看見許許多多的人來到這裡，同樣地也有許許多多的人路經這裡而離去；有人想留下來卻又非走不可，相對地，有人想走，但好幾年過了卻依然留在這兒。想一想，不是挺有趣的嗎？」

「這倒也是。」小步同意竹本的看法。

「我認爲，」竹本接著講：「如同人與人的相遇是一種緣分，而人與城市之間也有著類似的東西。那是一種看不見、摸不著，一股神奇的力量。正由於這股力量，人被城市召喚而來，當緣分盡了，人又離開城市而去。人們總以爲自己會住在哪兒，決定權掌握在自己手裡。但光是用這點理由，仍然有許多事情的變化是無法解釋的，而只好歸因於命運。」

「的確，竹本先生剛才說的緣分，可能是存在的。像我，來台北工作，並且在這兒住了那麼長的日子，這是我在當學徒的時候想都想不到的事。」三島說話的時候，大家都靜靜聽著，似乎正暗自把三島的話套用在自己的經歷上。

沒有人有反應。但三島不理會，繼續說：

「或許這只是我個人的想法。我覺得，身爲日本人，即便住在海外，也總是希望自己的魂留在日本。套句常用的話來講，雖然身在國外，心還是在日本。反過來說，一旦自己的魂在日本沒有歸屬之地了，那會是多麼可怕的一件事。好像自己再也不屬於日本，是一個沒有根的人。」

「我完全贊同你的話，三島先生。」竹本說：「我也常想，在有生之年我是否能夠回到日本、回到我的根？」

竹本說話的時候有點激動。接著小步問：「那麼，竹本先生是打算總有一天要回去的，是嗎？」

「我本來一直是這麼想的。不過，藉由大村先生回國的這件事，我突然有了另一種想法。我是眞的想回去嗎？說也奇怪，問了自己這個問題，竟然領悟出我剛剛所講的『人與城市之間的緣份』這個哲理。簡單地說，想回去？還是不回去？這種問題其實無需費心思索，當緣分盡了自然會離開。要是緣分仍在，那自然是會留下來。至於是一個月？還是五年、十年？那便要看緣分深淺了。比起整日花腦筋想著回不回去的事情，不如趁現在更努力去完成自己能力做得到的事。所以……」

「講嘛。」

「嗯，我想考研究所試試。絕不是認爲當補習班老師有什麼不好，只是覺得拿個碩士學位在大學裡教書也不賴。」竹本話一說完，便拿起酒杯大口大口喝下。妹尾和三島見竹本如此痛快，也舉杯對竹本說聲「加油」，將杯中啤酒一口氣喝光。

三島原先拿出的三瓶冰啤酒早就喝光了，連同之後補上的三瓶——一共是六瓶——空瓶子全立在桌上的一角。

這回輪到小步轉向大家：「事實上，聽到大村先生準備回國的消息後，我決定了一件事。」像是賣關子似地，把話題的焦點從竹本那兒奪過來。「我決定開公司。」

「啊？小步小姐，妳要當老闆？」妹尾用吃驚的語氣問。

「沒錯。以前就計劃好的。」小步回答：「是我先生公司的餐廳設計部門獨立出來，自成一家新的公司，由我當負責人。」

「所以並不是在妳先生的公司裡幫忙囉？」妹尾又問。

「這不一樣。雖然他是出錢的股東，但公司的經營管理全權由我處理。這點我們已經講好了。」小步說：「我當空姐的時候，看遍世界各式各樣的餐廳與酒吧。我想總合這些心得，做出具有台北風格的店。我認爲這個工作也只有我才行，別人是做不來的。眞的很期待。」

「哇，妳好厲害。」妹尾替小步感到高興。

「小步小姐眞的很厲害。」竹本說：「來，讓我們爲這位美女老闆的前途祝賀。大家乾杯。」

妹尾和竹本將酒杯舉起，不停地喧鬧著。小步掩不住心中的興奮，將面前的這杯酒乾了。

就在此刻，店門打開，大村終於到了。

「我遲到了。眞不好意思。」

「怎麼這麼晚才來。我們都喝得差不多了。」滿臉通紅的竹本指了指桌上擺著的空酒瓶。「你看，那些啤酒。」

「抱歉抱歉。其實我剛下飛機。」

「下飛機？」

「是，我去日本總公司一趟，又去我哥哥家，還有我父母的墳前。總之忙得不得了，直到今天才把所有事情辦完，結果又碰上飛機行前檢查出了問題，耽誤了一個鐘頭。」

「眞是辛苦。」

「還好啦。倒是有件事得向大家報告。事實上，我已經決定向橋本商會辭職。」

大村的驚人決定，一時之間其他人不知該如何反應。

「這次是公司派我到洛杉磯分公司工作。公司方面一直惦記著我想去美國工作的這件事。可是，我想過了。我眞正想待的地方不是美國，而是這裡。要是眞的離開這裡，我有種感覺，我會後悔一輩子。所以我決定離開公司，留在台灣繼續打拚。」

大村向大夥兒說明自己的心境。沒想到事情有了一百八十度的大轉變，在座的人全愣住了，一句話也說不出來。感覺上過了好久，才聽見小步小小聲開口：「那，今天的歡送會……」

「是我不好，害大家特別趕來爲我餞行。」大村大大地低下頭表示道歉。可是看他的表情，卻是心口不一，露出愉悅的笑容。

「這樣吧，今天這頓算大村先生你的。誰叫你隨隨便便取消這次的歡送會。」

竹本才說完，三島邊笑邊接著說：「今天這頓可不便宜哦！」大村笑著回答：「沒問題。今天算我請客。」

「那麼，今天就算是大家為我送行好了。」

又一次驚人的話語。在座的人睜大眼睛，目光集中在妹尾身上。

「原本我一直在猶豫該不該說，畢竟今天的主角是大村先生。坦白告訴各位，下個星期開始，我就不在台北了。公司派我去中國大陸工作。」

「為什麼這麼突然？」

「這幾個月公司一直在詢問我的意願，但我遲遲無法下定決心。自從得知大村先生調回國內的消息，不知為什麼，忽然自己也渴望能有一些改變。我想大概是接受挑戰的企圖心從來沒有熄滅過，所以就答應了。」

大夥兒好一會兒才回過神來。首先是竹本開口：「眞替你高興。」，接著小步也給予祝賀：「恭喜你。」大村也以他一貫爽朗的語調：「這麼說來，今天的歡送會不是為我，而是為妹尾小弟所辦的囉。」

三島在一旁看著大夥兒笑鬧著，隨後轉向料理吧檯，廚房裡的鹽烤紅喉魚正準備上桌。

客人散去的店裡，有如暴風雨過後的寧靜。直到剛剛還是熱鬧歡騰的喧鬧景象，一眨眼的工夫便消失得無影無蹤。連一點點餘音也不留。

三島忙完了善後的工作，深深吐了一口氣，拉張椅子獨坐休息著。忙了一天，身體是累的，但心裡是舒服的，不知不覺思緒回到那一天……

還記得那個星期六的晚上，店已經打烊了，和大村——正好是現在坐的位子——兩個人喝著酒。

靠近店門口的位子有兩個年輕人——竹本和妹尾。那天也正是他們兩位第一次光臨。看那樣子喝得滿醉的，聊天聊到連打烊時間都過了也沒發覺。三島心想反正自己並不急著回去，他們想喝多少就讓他們喝吧，便不予理會。

外面有位年輕小姐進來店內，一副走投無路的模樣，一拉開店門便大喊：

「有沒有賣日本料理？」

「有沒有賣日本料理？」這句話還清清楚楚地迴響在三島的耳際。

「小姐，先請這裡坐。」三島招呼這位女客人。

仔細一瞧才發現，她哭了。眼眶中含著淚水，看起來心事重重。

三島回到料理吧檯，找了一些材料簡單做成兩、三道菜給這位小姐。

可是，她沒動筷，只是怔怔地低頭看著。

大村、竹本和妹尾——還留在店裡的三個男人——被這一連串的舉動轉移了注意力，目不轉睛等著接下來的發展。

「小姐，妳還好嗎？」三島深怕會刺激對方的情緒，以盡量溫和的語調問著。

終於，這位小姐打開心防，一句又一句訴說著。

她叫佐藤步，嫁來台灣，住在陽明山附近。

然而，話講到這裡突然停住了。

這時，妹尾從自己的座位上站起，往三島和小步的方向走來。

「不好意思，打擾了。要是不介意的話，有什麼苦悶，告訴我沒關係。」妹尾的聲音讓人感到親切。

然而，小步只是緩緩地朝著聲音的來處瞥了一眼，又慢慢地將視線拉回原來的位置，繼續低著頭，雙唇緊閉不語，像是在慎重考慮著什麼重要事情似地，兩眼凝視不動。店裡又回到剛才的沉重氣氛。

「把苦悶全說出來，心情會好很多。」竹本說：「對妳來說，我們都是陌生人。就別顧忌，盡量說吧。」

「沒錯。」大村說：「或許我們不能幫妳解決什麼。但是聽妳說話，發洩發洩，不管再長再久，我們都很樂意的。」

不知是什麼時候，竹本和大村各自從自己的座位起身，一步步湊過來。於是四個男人將坐著的小步團團圍住。

還是不說話。或許是在整理心情吧。不一會兒緊抿的唇微微顫抖，用幾乎聽不到的聲音一個字、一個字說出：

「請問你們知道自己接下來要怎麼走？要往哪兒去嗎？」

小步冒出的這句話，誰也料想不到。

這次換成四個男人，像當機似地毫無反應。

沒有人說話。

靜悄悄地。

好不容易有人開口：「對不起，妳的意思是……能不能說的再具體些？」妹尾反問小步。想必其他三人也有同樣的疑問。

「我，來到台北，」小步說：「今後的人生該如何走下去，我一點也不知道。就這樣一輩子在這裡，也總要有個目標吧？不對，會不會一輩子都在這兒，我連這個都不知道。真對不起，突然問這個沒頭沒腦的問題。」

大家都靜下來，似乎正仔細思索小步的問題，又像是努力尋找那未知的答案。

但三島總覺得能夠理解小步所想表達的意思。

「我要往哪裡去？」自從來到台北，這個問題在三島心中，反覆問了千百回，卻始終沒有答案。

「這個問題，」竹本打破當下的靜默。「不是三言兩語就能解決的。我也在台北住了十幾年。雖然目前教日文的工作還算穩定，但是妳問我將來會往哪裡去，我也無法給妳答案。說不定我和妳都有同樣的疑惑。」

「我是日商的台北分公司僱用的本地員工，我也有同樣的疑問。這個問題越想就越糊塗。」妹尾一臉認真地回答。之後大家又安靜下來。

接著大村露出微笑：「我和大家不太一樣。是公司派我來台北的，將來要去哪裡也是由公司替我決定，根本不用我傷腦筋。」

現在三島回想起來，雖然當時的大村嘴上那麼說，但總覺得他也在那時尋找著相同問題的答案。

自己會往哪裡去？

三島事後回想，這就是共同點。

在同一天，在同一個地點巧遇的五個人，在各自的心中——或許連自己都沒有察覺——有著相同的疑問，試圖探索屬於自己的答案。

所以，當有人提出「這樣吧，我們不定期舉行聚會，來找出問題的答案。各位意下如何？」後，大夥兒開心地舉雙手贊成。

如果不是這樣的相遇，年紀不同、性別不同、職業亦不相同的五個日本人，如何能聚在一起，藉著定期的聚會，相互得到精神上的支持與安慰？

那又是怎樣的一種緣分？

對三島來說，那好像是昨天才發生的事。

好快，已經兩年過去了。這兩年多來大家各自尋覓著自己的答案。

接著大村收到派令，於是揭起另一段故事的開端。

又起風了。

三島一個人喃喃自語。

一陣風。每個人乘著這陣風輕飄飄地在空中飛揚。

就像是當初來到這裡一樣。

如蒲公英之絮般。

聚會，沒有必要了。每個人都已經找到了自己的答案，從困惑中走出來。

三島覺得，五個人聚會的使命已經達成了。

三島又回想起幾天前和妻子李秋鳳談起爲大村辦歡送會的事情。她說：

「你記得嗎？二十幾年前，對了，那個時候我們還在『千鶴』上班，你跟阿宏借了一台摩托車載我去陽明山上看櫻花。你呀，見到櫻花也不知那是櫻花。當時我在想，日本的櫻花眞的有那麼漂亮嗎？如果你想回國的話，我願意和你一起回去。我也想瞧瞧日本櫻花的模樣。」

當時的情景歷歷在目。馳騁在山路上被風吹拂的感覺、灑落一地的溫暖陽光，還有那嫩綠枝椏中綻放好些朵濃艷桃紅色的小花。那個時候的三島的的確確看不出那是櫻花。一點也談不上漂亮。

此時，三島轉頭看著妻子，很自然地說了一句：

「不會呀，台北的櫻花也很不錯。」

那是三島這麼多年以來，始終說不出的一句話。

夜深了，三島鎖好了店門，踏上回家的路。星星正從雲朵的間隙中偷窺著人間的一切。三島抬頭仰望星空，深深感到台北是個溫柔的城市。

文學叢書 279

INK PUBLISHING

蒲公英之絮

作　　者　木下諄一
總 編 輯　初安民
責任編輯　陳健瑜
美術編輯　林麗華
校　　對　陳健瑜

發 行 人　張書銘
出　　版　INK印刻文學生活雜誌出版有限公司
新北市中和區中正路800號13樓之3
電話：02-22281626
傳真：02-22281598
e-mail : ink.book@msa.hinet.net
網　　址　舒讀網http : //www.sudu.cc

法律顧問　漢廷法律事務所
劉大正律師
總 代 理　成陽出版股份有限公司
電話：03-2717085（代表號）
傳真：03-3556521
郵政劃撥　19000691 成陽出版股份有限公司
印　　刷　海王印刷事業股份有限公司

出版日期　2011年1月　初版
ISBN　978-986-6135-07-1

定價　220元

國家圖書館出版品預行編目資料

蒲公英之絮／木下諄一著.--
初版. --新北市中和區：INK印刻文學，
2011.1 面；　公分. --（文學叢書；279）

ISBN 978-986-6135-07-1（平裝）

861.57　　99025283